KLARTEXT

Birgit Ebbert / Bernd Hoffmann (Hg.)

Mord an der Volme

Kriminalroman

Impressum

1. Auflage November 2013

Satz und Layout: Achim Nöllenheidt
Umschlaggestaltung: Volker Pecher
Druck und Bindung: AALEXX Buchproduktion GmbH

ISBN 978-3-8375-1031-7

KLARTEXT info@klartext-verlag.de, www.klartext-verlag.de

Inhalt

Vorwort

von Bernd Hoffmann

Hagen ist eine spannende Stadt. Hier gibt es viel zu entdecken. Und wer sollte die ganzen interessanten Orte besser kennen als der Hagener an sich.

Die Gründung der Facebook-Gruppe „Du bist Hagener, wenn ...“ zeigte sehr schnell, wie viele Menschen großes Interesse an dieser tollen Stadt haben. Innerhalb kurzer Zeit stieg die Mitgliederzahl der Gruppe rasant an.

Medien wie die Westfalenpost, der WDR und SAT1 begleiteten die Aktionen der Gruppe und sorgten dafür, dass Hagen, weit über seine Grenzen hinaus, in den Fokus der Öffentlichkeit kam.

Immer wieder gab es Geschichten, Fotos und Erinnerungen, die zeigten, wie sehr der Hagener mit „seiner Stadt“ verbunden ist. Sowohl positive als auch kritische Kommentare rückten unsere Heimatstadt in ein anderes Licht. Dabei lernten wir Ecken von Hagen kennen, die vielen sicher sonst verborgen geblieben wären.

Die Mitglieder der großen Facebook-Gruppe laden die Leser nun in diesem spannenden Krimi zu einer Rundreise durch Hagen ein. Lassen Sie sich davon begeistern, wie eine fiktive Geschichte die vielen Sehenswürdigkeiten neu beleuchtet. Vielleicht schaffen wir es auch, den „Nicht-Hagenern“ unsere tolle Stadt ein wenig näher zu bringen und sie neugierig zu machen.

Die Umsetzung der Idee, einen Hagen-Krimi zu realisieren, haben wir vor allem der Hagener Autorin Dr. Birgit Ebbert zu verdanken, die auch Mitherausgeberin des Buches ist. Sie hat all die Ideen der Gruppen-Mitglieder zusammengeführt und daraus dieses Werk entstehen lassen.

Die Erlöse aus dem Verkauf dieses Krimis gehen an den Verein der „Muschelsalat-Retter e. V".

Ich wünsche Ihnen spannende Unterhaltung bei der „Tätersuche in Hagen" und hoffe, dass wir Sie neugierig machen können auf die grünste Stadt in Nordrhein-Westfalen.

Denn „Hagen rockt".

Herzliche Grüße
Bernd Hoffmann
Hagener

Die Frau in der Volme

23. Dezember 2008:
Kommissar quittiert den Dienst

Wie aus gut unterrichteten Kreisen zu erfahren ist, verlässt Gerd N., Leiter der Mordkommission, den Polizeidienst. „Die Entscheidung kam für uns so überraschend, dass wir noch keinen Nachfolger bestimmt haben", erklärt Heiko Ballmann, N.s direkter Vorgesetzter, auf Nachfrage. Lassen wir uns überraschen, wer sich weiter um die undurchsichtigen Fälle kümmert, die zum Teil seit 20 Jahren auf den Schreibtischen schlummern. Siehe Ausgabe vom letzten Samstag.

Eigentlich wollte Gerd Neubert mit seinen Straßenkollegen nur gemütlich ein Bierchen zischen. Als er die Bierflasche am Geländer öffnete, fiel sein Blick auf die Volme und das Gitter, das ihn an seine Zeit als Kommissar erinnerte.

Zweimal hatte er während seiner aktiven Dienstzeit hier mit Leichenfunden zu tun gehabt. Und jetzt schien es fast – ach was, bestimmt spielten ihm seine Augen einen Streich.

Er überlegte, ob er sich die Sache genauer anschauen sollte. Irgendetwas in ihm wurde wach. Eine Erinnerung aus seinem früheren Leben, als er noch in seiner Dachgeschosswohnung lebte, die er später gegen ein großes Apartment mit Platz für seine Frau und seine Tochter eingetauscht hatte. Als die Bereitschaft ihn nachts aus dem Schlaf riss, weil eine Leiche gefunden worden war, und nicht, weil sich ein Passant darüber beschwert hatte, dass er im Volmepark schlief.

Gerd schüttelte die Erinnerung ab. Das war vorbei. Der Lkw-Fahrer, der irgendwo fröhlich sein Leben lebte, hatte sein Leben für immer zerstört. Angestrengt starrte er in die Dunkelheit. Hatte er sich geirrt? War nur ein Ast vorbeigeschwommen?

Bei genauerem Hinsehen sah er eine Hand in der Nähe des Gitters auf der anderen Seite der Volme. Dank des Lichts der Laterne, die das Geländer am Volme-Ufer säumte, konnte er erkennen, dass es eine Frauenhand war. Diamantringe glitzerten in dem fahlen Licht. Das reichte, um Gerds Neugier zu wecken und das, was von seinem kriminalistischen Instinkt nach fünf Jahren auf der Straße noch übrig war.

„Geht schon mal vor, ich komme nach", rief er seinen Straßenkollegen zu.

„Aber mach nicht zu lange", antwortete Karl, der Gerd von Anfang an unter seine Fittiche genommen hatte. Damit er nicht unter die Räder geriet, wie Karl immer wieder mit einem breiten Grinsen betonte.

Endlich waren Karl und die anderen Männer, mit denen ihn die Zweckgemeinschaft der Straße verband, hinter der nächsten Ecke verschwunden. Gerd ging das Volme-Ufer ab, um eine Stelle zu finden, von der aus er besser sehen konnte. Er erschrak fast zu Tode, als er in die Volme hinunterblickte und glaubte nicht, was er da sah.

Es war alles wie damals. Die teure Kleidung. Das lange, volle Haar, das sich mit der Strömung bewegte. Der funkelnde Schmuck an Hand und Handgelenk. Wie damals, so lag die Frau auch jetzt mit dem Gesicht nach unten im Wasser. Aus ihrem Rücken ragte etwas Spitzes.

Gerd Neubert stand einen Moment wie gelähmt, ehe er wieder zu funktionieren begann. Genau wie damals.

Vergessen war der Abend mit seinen Straßenfreunden im Feuervogel. Er lief in Richtung Volme-Galerie, der schmale Einstieg direkt vor der Brücke dort war näher an der Frau als die breite Treppe nahe der Kaufmannsschule.

Gerd schaute sich kurz um und stieg die steilen Stufen hinunter. Bestialischer Gestank stieg ihm in die Nase. Aber das hielt ihn nicht davon ab, tiefer zu steigen. Einen kurzen Moment zögerte er. Der Gestank war kaum zu ertragen. Er zog ein Papiertaschentuch aus der Brusttasche seiner Jacke, riss zwei Fetzen ab und stopfte sie sich in die Nasenlöcher. Ahhh. Das war besser. Das Menthol wirkte wahre Wunder. So konnte er versuchen, die Frau aus dem Wasser zu ziehen. Aber wie sollte er sie erreichen? „Warum gibt es auf der anderen Volme-Seite eigentlich keinen Einstieg?“, fragte er sich, während er auf dem schmalen Steinpfad Halt suchte. Immer wieder rutschte er mit seinen Schuhen, die nur notdürftig geklebt waren, ab.

„Wieso ist das hier unten so dunkel!“, schimpfte er. In dem Moment verlor er den Boden unter den Füßen und landete in der Volme. Eiskaltes Wasser umfing ihn. Das Wasser war nicht tief, doch er lag der Länge nach in dem kleinen Fluss und tastete nach einem Halt.

Endlich saß er wenigstens auf dem Grund der Volme. Sein Kopf ragte aus dem Wasser. Fluchend spuckte er das Volme-Wasser aus, das er beim Untertauchen geschluckt hatte. Er wandte den Kopf und zuckte zurück. Durch den Sturz war er direkt neben der Frau gelandet.

Er suchte auf den Steinen am Grund der Volme einen festen Stand und versuchte, die Frau zu fassen. Immer wieder rutschte er im Wasser aus.

Plötzlich hörte er Stimmen, die irgendwo von oben kamen. Sehen konnte er niemanden.

„Alter, was hast du gemacht? Wo denn? Ich sehe nichts“, hörte er die zittrige Stimme einer jungen Frau.

„Die war hier. Irgendwo. Weiß nich mehr genau, wo“, entgegnete eine zweite Stimme. „Ging alles so schnell. Ich hab nichts gemacht, ey!“

„Und siehst du irgendwo was?“, hörte Gerd die Frauenstimme erregt fragen.

„Hey, könnt ihr mir mal helfen?“, rief er und versuchte nach oben zu kommen. Als er klatschnass den Weg neben der Volme erreichte, war niemand mehr zu sehen, nur das Hallen von Absätzen erklang zwischen dem Sparkassen-Karree und der Volme-Galerie.

Er folgte dem Geräusch, schwerfällig in nassen Schuhen, die sich bei seinem unfreiwilligen Bad in der Volme voll Wasser gesogen hatten. Als er das Stadtfenster erreichte, war niemand mehr zu sehen. Er umrundete das Gebäude, nicht einmal ein Taxi stand da. Die Stadt wirkte genauso tot wie die Hagener Nörgler sie immer beschrieben. Die hatten Probleme! Er lachte bitter. Das Sprichwort, wer keine Probleme hat, sucht welche, hatte für ihn seit dem Tag, als seine Familie ausgelöscht wurde, eine ganz neue Bedeutung.

Ein Blick auf seine durchweichten Schuhe erinnerte ihn an die Frau in der Volme. Ein weiterer Schatten aus seiner Vergangenheit. Er wandte sich zur Telefonzelle am Busbahnhof und drückte die Notruftaste. Mit der Gewohnheit eines Polizisten, die ihn auch nach fünf Jahren auf der Straße nicht verlassen hatte, schilderte er, was geschehen war.

Dann ging er zurück an die Volme und stieg wieder hinab. Ungläubig starrte er ins Dunkel. Da war keine Frau mehr. „Rudi, hast du jemanden gesehen?“ Er erkannte einen seiner Straßenkollegen an der anderen Uferseite auf der Stufe des Volme-Balkons, dessen Sinn ihm auch nach Jahren nicht klar war. Pitschnass und durchgefroren ging Gerd hinüber und setzte sich neben ihn. Er wartete, bis der erste Streifenwagen eintraf. Was soll ich denen jetzt nur erzählen?, dachte er und wischte sich über das Gesicht.

„Neubi, alte Hütte. Ist die Badesaison eröffnet?“ Mit diesen Worten begrüßte ihn einer der beiden Streifenpolizisten.

Gerd sagte nichts. Die meisten Polizisten kannten seine Geschichte, diese schienen nicht dazu zu gehören. Er wusste, dass es unter seinen ehemaligen Kollegen zwei Lager gab. Die einen, die ihm vorwarfen, dass er nach der erfolglosen Suche nach dem Unfallfahrer den Dienst quittiert und mit seinem alten Leben abgeschlossen hatte. Die anderen, die versuchten, ihm Halt zu geben, und ihn wie Paten aus der Ferne beschützten. Die Scherzbolde gehörten eindeutig zur ersten Fraktion, ihr Feixen sagte alles.

Gut, dass er noch nichts getrunken hatte. Sonst hätten ihn diese ehemaligen Kollegen erst recht nicht für voll genommen. Wo war eigentlich die Flasche geblieben? Er sah auf die andere Seite. Da lag sie. Sie würde ihn nicht mehr trösten können.

„Du hast da was", meldete sich der zweite Beamte mit sonorer Stimme zu Wort und deutete mit einem Grinsen auf Gerds Nase. „Hast du angerufen? Hättest du doch was gesagt. Dann hätten wir dir ein paar Badelatschen und einen Sonnenschirm mitgebracht." Beide lachten hämisch.

„Spaß beiseite. Was ist passiert, Gerd?", fragte der Größere von beiden, der sich als erster wieder beruhigte.

Gerd drehte sich zum Gitter und zog die Taschentuch-Zipfel aus der Nase. „Da war diese Frau und jetzt ist sie weg."

„Da musst du dich in deinem Alter aber dran gewöhnen, Gerdchen", scherzte der kleinere Polizist schon wieder und fing sich einen tadelnden Blick seines Kollegen ein, wie Gerd mit einer leichten Beruhigung feststellte.

Gerd konnte ihn kaum ertragen. Er hoffte inständig, dass Andy Klausner, sein Nachfolger in der Mordkommission, bald eintreffen würde. Sehnsüchtig betrachtete er den zweiten Streifenwagen, der soeben mit einem leichten Quietschen auf der Badstraßenbrücke über der Volme hielt.

„Hätte ich nur die anderen nicht weggeschickt", ärgerte er sich. „Jetzt bin ich der einzige Augenzeuge." Dabei wusste er genau, dass selbst das Wort von fünf Straßenkameraden für diese Polizisten wenig Bedeutung hatte. Oh, Mann. Gerd strich sich verlegen über die durchnässte Jacke und drehte sich zu den beiden neu hinzugekommenen Beamten, die sich breitbeinig in zweiter Reihe aufbauten. In der Dunkelheit konnte Gerd sie nicht erkennen, nur hoffen, dass es nicht noch mehr dieser Ex-Kollegen waren, die ihn seit seinem Ausscheiden aus dem Polizeidienst trietzten.

„Bestellt mal einen Taucher. Hier stimmt was nicht“, bat er heiser und drehte sich wieder zum Fluss. Er starrte auf das Wasser, das in kleinen Wellen seinen Weg floss. Irgendetwas stimmte hier nicht.

Der kleinere der beiden Polizisten ging zum Streifenwagen, als es plötzlich unter seinem Stiefel laut knackte. „Mann! Hier liegt aber auch überall der Mist rum“, meckerte er und bückte sich. „Elektrische Zahnbürste? Mp3-Player? Oder wat is dat hier?“ Er reichte das zertretene Fundstück an eine der Personen, die Gerd nicht erkennen konnte.

„Ha, ha. Weißt du nicht, was das ist?“, hallte eine raue, weibliche Stimme.

Gerd atmete erleichtert aus. Die Stimme kannte er. Da trat sie auch schon in den schwachen Lichtkegel der Straßenbeleuchtung und verkündete mit breitem Grinsen: „Noch nie einen Schwangerschaftstest gesehen, was?“, fragte sie und zwinkerte Gerd zur Begrüßung zu.

Nun erschien auch ihr Schicht-Partner im Lichtschein. Gerd sah, dass er schmunzelte, als der kleine Kollege seinen Weg zum Einsatzfahrzeug mit einem beleidigten Stampfen fortsetzte.

„Ruft den Krankenwagen. Die sollen Gerd durchchecken“, rief die Frau ihm nach.

Ihr Partner, den Gerd nur vom Sehen kannte, wandte sich an ihn. „So, Neubi. Jetzt erzähl doch mal die ganze Geschichte, damit wir hier weiterkommen.“

Derweil bog ein dritter Streifenwagen von der Körnerstraße um die Ecke und hielt mit blinkenden Lichtern auf dem Standstreifen an der anderen Brückenseite.

Das Lichtspiel der Blaulichter bei Nacht verliert nie seine Magie, dachte Gerd und atmete tief durch. „Also. Ich wollte mit meinen Kollegen was trinken“, er stockte. „Äh, also meinen heutigen Kollegen. Ihr wisst schon." Er sah verlegen auf seine durchnässten Schuhe, denen man anmerkte, dass sie bessere Tage gesehen hatten.

„Die anderen sind schon vorgegangen. Rudi", er wies mit dem Kopf auf den Mann, der inzwischen abwesend auf der Schaukel auf dem Spielplatz saß. „Rudi wollte mich sprechen. Wir wollten hier eine Flasche trinken. Als ich die am Geländer aufmachen will, guck ich so auf dat Gitter. Wegen damals. Weißt du doch." Er stockte und schüttelte sich, als wollte er seine Gedanken sortieren.

Gerd riss sich zusammen. Wenn er schon wie ein Penner aussah, mussten wenigstens seine Sätze wie ein Ex-Bulle klingen. „Ich habe die anderen weggeschickt. Zu viele Leute am Tatort sind nicht gut, weißt du?" Gleich fühlte er sich sicherer. Mit einem Lachen fügte er hinzu. „Rudi ist zurückgekommen, aber erst, nachdem die Frau weg war." Er merkte, wie er sich immer mehr in seinen Gedanken verhedderte. Sein Versuch, alles zu erklären, war schief gegangen.

Der Polizist nickte nur und starrte in die Nacht, in der die Geister der Erinnerung spukten. „Warum machst du das auch selbst. Guck mal, wie du aussiehst. 110, Gerd, 110. Das sagen wir den Leuten immer wieder. Nicht selber Polizei spielen."

Gerd ging nicht darauf ein. Er sprach weiter, als könnten die Gespenster der Vergangenheit ihm nichts anhaben. Doch seine Stimme klang brüchig. „Und da war wieder diese blonde Frau. Im Wasser. Das Gesicht nach unten, edle Kleidung, Klunker. Ich wollte sie rausziehen. Dann hab ich von hier oben was gehört. Ich bin raufgeklettert, als ich wieder runter kam, war die Frau weg."

Gerd blickte in die ungläubigen Mienen der sechs Polizisten, die ihm mittlerweile gegenüber standen. Vier Männer und eine Frau wirkten so, als wollten sie ihn am liebsten direkt einweisen lassen. Nur Andy Klausner, der zu seiner großen Erleichterung aus dem dritten Fahrzeug gestiegen war, nickte ihm aufmunternd zu. Ehe er jedoch etwas sagen konnte, beugte sich sein Kollege zu Gerd vor. „Herr Neubert, haben Sie im Laufe des Abends Alkohol zu sich genommen?“, fragte er und legte dabei eine Hand gönnerhaft auf Gerds Schulter.

„Da kommt doch gleich einer hinter der Ecke hervorgesprungen und ruft ‚Verstehen Sie Spaß‘, oder?“, mischte sich der Kollege, der Andy gebracht hatte, von hinten ein. „Oder ist das hier Toto & Harry?“

„Wohl eher nicht, zum Monatsende wird das Geld für Hasper Maggi knapp, da sieht der Gerd dann schon mal weiße Mäuse und wird von der Vergangenheit eingeholt“, witzelte der kleinere Polizist aus dem ersten Streifenwagen und warf sich Beifall heischend in die Brust.

Gerd kam es vor, als wäre das hämische Grinsen auf dem Gesicht diese Unsympathlings festgetackert. Erleichtert sah er, dass niemand ihn beachtete, auch nicht, als er spottete: „Überlassen wir Sprit-Gerd doch die weiteren Ermittlungen, dabei kann er dann trocknen.“

Andy Klausner räusperte sich. „Hey, Kollege, Gerd war mal einer von uns und ihr wisst genau, warum er das nicht mehr ist. Kein Grund, ihn so mies zu behandeln.“ Die anderen Polizisten sahen betreten zu Boden, nur der kleine Beamte trottete wütend zum Einsatzwagen. „Und holt ihm endlich eine Decke, damit er sich nicht auch noch erkältet“, bat der Leiter der Mordkommission. Rasch zerstreuten sich die Kollegen, sichtlich froh, dieser beklemmenden Situation entkommen zu sein.

„Wir müssen weiter“, rief die Kollegin, die bei Andys Worten zu ihrem Einsatzwagen gegangen war. „Am Graf-von-Galen-Ring hat so ein Grünschnabel zu einer Facebook-Party eingeladen, die in eine Massenschlägerei ausgeartet ist, und genau dort sollten wir jetzt auch sein, mittlerweile prügeln die sich schon bis zum Volkspark.“

Gerd Neubert sah fassungslos in die Runde. Langsam zweifelte er an seinem Verstand. Das konnte alles nicht wahr sein. Und dann noch die Häme des Kollegen. Mit einem Kopfschütteln sah er den Polizeiwagen nach, die einer nach dem anderen abrückten.

Nur Andy Klausner, sein Nachfolger, blieb zurück. Gerd kam es vor, als sähe er ihn hilflos an. So war es jedes Mal, wenn sie sich begegneten, was in den letzten Jahren immer wieder der Fall war. Mehr als einmal hatte Gerd seinem ehemaligen Assistenten geholfen, einen Mord aufzuklären oder einen Täter zu fassen. Immer herrschte für kurze Zeit eine Vertrautheit, die verblasste, sobald jeder in seine Welt zurückkehrte.

Auch jetzt wusste Gerd nicht, wie er das Gespräch beginnen sollte. Erleichtert verfolgte er das Eintreffen der Taucher.

„Danke, dass du die Taucher angefordert hast", murmelte er und stützte sich auf das Geländer, um den Männern bei ihren Vorbereitungen zuzusehen.

Andy lehnte sich neben ihn. „Alles Roger?", fragte er und erzählte, dass er sich einen Hund angeschafft hatte, um sich mehr zu bewegen. „Beim letzten Fitness-Check bin ich ganz schön ins Schnaufen geraten", scherzte er, doch Gerd spürte, dass er damit nur die Unsicherheit überbrücken wollte.

„Mir geht es gut", sagte er mehr zu dem Wasser, das durch die Volme floss, als zu Andy. „Ich schlafe sogar manchmal die ganze Nacht durch."

Es wunderte ihn tatsächlich, dass er fünf Jahre, nachdem seine Frau und seine Tochter von einem unfallflüchtigen Lkw-Fahrer getötet worden waren, nicht mehr jede Nacht aufwachte, weil er ihre zerquetschten Körper vor sich sah.

Er schüttelte sich. Langsam wurde ihm kalt in den nassen, stinkenden Klamotten. Aber jetzt konnte er nicht gehen. Dankbar nahm er die Decke entgegen, die ihm der Sani aus dem RTW überreichte, der sich zu dem Einsatzwagen der Taucher gesellt hatte.

Gerd sah zu, wie die Taucher in das Wasser stiegen. Ein Witz eigentlich. Der Wasserstand an diesem Teil der Volme war so niedrig, dass selbst seine Tochter hier heute stehen könnte. Er durfte nicht an sie denken.

Schweigend betrachtete er die Taucher, die das Volmestück zwischen den beiden Brücken absuchten.

Nach einer halben Stunde kam ein Taucher ans Ufer. Er schüttelte den Kopf. „Hier ist nichts außer einem alten Einkaufswagen, einem Verkehrsschild und Müll. Viel Müll."

Die Suche war ergebnislos geblieben. Gerd klopfte Andy wortlos auf die Schulter und wandte sich ab.

„Mach's gut", verabschiedete sich sein ehemaliger Assistent mit einem enttäuschten Ausdruck im Gesicht. Langsam stieg er in seinen Einsatzwagen. Er winkte Gerd ein letztes Mal zu.

Gerd fragte sich gerade, wo er um diese Zeit noch hingehen konnte, um sich aufzuwärmen. Da glaubte er im Scheinwerferlicht des abrückenden Fahrzeugs an der Uferböschung etwas Orangefarbenes zu sehen.

Von Hoffnung gepackt machte er sich auf die Suche und tatsächlich, nach nicht einmal einer halben Stunde hielt er eine Eintrittskarte in der Hand. Phoenix Hagen gegen Alba Berlin, erste Reihe. Heute Abend. Nicht billig. Gehörte sie dem Opfer oder dem Mörder?

Gerd spürte, wie das Jagdfieber nun endgültig in ihm erwachte. Sollten die ehemaligen Kollegen ihre Witze über ihn machen. Er mochte vielleicht aussehen wie ein Wrack, aber sein Verstand war der alte. Er musste herausfinden, ob die Karte zufällig hier lag oder ob sie demjenigen gehörte, der seine Tote in die Volme geworfen hatte.

Aber so konnte er es nicht wagen, mit der Eintrittskarte in der Enervie-Arena, die er selber nur als „Ische" kannte, aufzukreuzen. Was würde ihm das auch bringen? Das Spiel war längst beendet und das wäre schon ein großer Zufall, wenn die ausgerechnet zu dieser Karte den Namen parat hätten.

Gerd sah sich noch einmal um. Der Rettungswagen war ohne ihn abgefahren. Die Volme lag wieder genauso verlassen da wie am frühen Abend. Nur in Gerd tobten die Erinnerungen. Er ging auf Rudi zu, um den sich seine Straßenkollegen scharten. „Mensch, Gerd, wir warten schon ewig auf euch“, riefen sie ihm entgegen.

„Wir haben uns Sorgen gemacht“, schnauzte einer von ihnen Gerd an.

Ehe dieser antworten konnte, lallte Thomas, der Gelegenheitskumpel, der sich ihnen immer mal wieder für ein paar durchzechte Tage und Nächte anschloss: „Wieso hast du meine Phoenix-Karte? Ich hab die schon gesucht.“

Gerd betrachtete den sonderbaren Straßenkollegen in seiner ausgewaschenen, viel zu kurzen Jeansjacke. Hose und Schuhe sahen auch nicht besser aus. Keiner wusste, was dieser Thomas tat, wenn er sich nicht bei ihnen aufhielt. Gerd wusste, dass er kein Undercover-Kollege war. Vielleicht ein Schriftsteller, der heimlich recherchierte. Jedenfalls einer, der sich eine solche Karte leisten konnte.

„Welches Spiel, welche Reihe?“, fragte er, um sicherzustellen, dass er den Inhaber der Karten wirklich gefunden hatte.

„Mensch, heute Abend, Phoenix, Alba, erste Reihe. Wir haben verloren. Das Spiel ist doch längst vorbei.“

Gerd war überrascht, dass Thomas die Antworten so flüssig von sich geben konnte, nachdem er gerade noch gelallt hatte. Als hätte ihn die Erinnerung an das Spiel schlagartig wieder nüchtern gemacht oder als wäre sein Alk-Rausch nur gespielt. Wer war dieser Thomas eigentlich? Jetzt fiel ihm auch wieder ein, dass er oft versucht hatte, sich an ihn heranzumachen. Nicht als Mann, sondern, um Informationen zu bekommen. Genau. Er hatte versucht ihn auszuhorchen und immer so getan, als müssten sie sich als Straßenneulinge zusammentun. Woher wusste der eigentlich, dass er ein Straßenneuling war? Nur ganz wenige kannten seine Geschichte. Er hatte immer erklärt, er sei erst aus Bochum und dann aus Dortmund vertrieben worden und so in Hagen gestrandet. Gerd beschloss, diesen Thomas von nun an im Auge zu behalten.

„Stimmt!“, sagte er nur. „Aber wie kommt die Karte in die Sträucher an der Volme?“

Thomas stammelte etwas davon, dass ihm die Karte aus der Tasche gefallen sei, was Gerds Alarmglocken erst recht zum Schrillen brachten. Ob er etwas mit der toten Frau zu tun hatte?

„Schwachsinn“, schimpfte er sich selbst. Die Männerstimme, die er gehört hatte, klang sehr jung. Andererseits lag die Frau zu dem Zeitpunkt schon im Wasser. Ein mulmiges Gefühl blieb. Wessen Stimmen hatte er gehört, als er da unten im Wasser versuchte, die Frau aus dem Gitter zu befreien. Und was war mit der toten Frau? Hatte sein Gehirn ihm wirklich einen Streich gespielt?

Wieder im Team

18. August 1988:
Zwei tote Frauen geben der Polizei Rätsel auf
Obwohl die Kriminalpolizei, wie sie sagt, mit allen Kräften an der Aufklärung des Mordes der beiden Hagenerinnen arbeitet, gibt es nichts Neues. „Wir verfolgen jede noch so kleine Spur", erklärte der verantwortliche Kommissar Gerd Neubert in einer extra anberaumten Pressekonferenz. Das war auch die einzige Neuigkeit, die er zu vermelden hatte. Trotz der zahlreichen Hinweise aus der Bevölkerung tappen zig Beamte noch immer im Dunkeln, warum Helga S. und Anette B. in der Volme den Tod fanden.

Gerds erster Blick am nächsten Morgen, als er unter dem Pavillon im Volkspark erwachte, fiel auf die blaue Polizeiuniform, die er nie getragen hatte. Als er noch im Polizeidienst stand, waren die Uniformen grün und braun gewesen. Wenig freundlich, aber das Blau hätte ihm auch nicht geholfen.

Im ersten Moment erschrak er. Die kennen mich nur als Obdachlosen, ging ihm durch den Kopf.

„Moin, Gerd!" Gerd Neubert war erstaunt. Der Streifenpolizist begrüßte ihn freundlicher als seine Kollegen, die am Tag zuvor Dienst hatten.

Verschlafen blickte er aus seinem dicken Nato-Schlafsack, der ihm seit fünf Jahren im Sommer wie im Winter gute Dienste leistete.

„Moin!" Mehr brachte er nicht heraus, doch sein Gesicht leuchtete, als er Kaffeebecher und Hetewe, diesen typischen süßen Hefeteigwecken aus Hagen, sah, die der ehemalige Kollege ihm reichte.

„Wir haben deine Frau gefunden", erklärte der Mann, dessen Name Gerd einfach nicht einfiel. Seine Frau? Das konnte nicht sein. Sie lag auf dem Friedhof. Seit fünf Jahren schon. Er wollte nicht daran denken und war froh, dass der Uniformierte ihn an die Frau aus der Volme erinnerte, die er am Abend zuvor aus dem Wasser holen wollte und die dann auf unerklärliche Weise verschwunden war.

„Sie hat sich am Wehr weiter unten verfangen, du weißt schon, kurz vor der Altenhagener Brücke“, fuhr der Polizist fort.

Gerd schüttelte den Kopf. Die Frau hatte sich so in das Gitter verhakt, sie konnte sich nicht allein gelöst haben. Anscheinend hatte sich ihr Körper bei seinem Versuch, die Frau aus dem Wasser zu ziehen, stärker gelockert, als er gedacht hatte. Er rappelte sich aus seinem Schlafsack. „Wisst ihr schon, wer sie ist und woran sie gestorben ist?“, wollte er wissen.

Die ehemaligen Kollegen blickten sich an. Gerd sah ihren stummen Dialog förmlich. Sie durften ihm nichts sagen, aber sie wollten ihn auch nicht verletzen. Wie würden sie reagieren? Gerd hielt den Atem an. Am Ende setzte sich der Ältere der beiden durch. „Komm mit. Andy will dich sowieso sprechen.“ Gerd atmete erleichtert aus. Andy Klausner, sein ehemaliger Mitarbeiter und jetziger Leiter der Mordkommission. Eigentlich waren sie immer mehr als Kollegen gewesen. Freunde vielleicht.

Gerd trank den Kaffee aus und genoss die letzten Bissen des Hetewes. Ah, dieser süße Geschmack zum Kaffee am Morgen, der fehlte ihm, wenn er sonst einsam an seinem Platz unter der Verbraucherzentrale aufwachte.

Die beiden Polizisten signalisierten ihm, dass sie nicht länger warten konnten. Gerd beeilte sich und rollte seinen Schlafsack ein. Die Jahre auf der Straße hatten ihn vorsichtig gemacht.

Er stieg hinten in den Polizeiwagen. Ein ungewöhnlicher Platz. Gerd dachte nicht weiter darüber nach. Er war neugierig, was er über die tote Frau erfahren würde, und stellte überrascht fest, dass die Polizisten ihn direkt in die Gerichtsmedizin im AKH fuhren.

Andy Klausner wartete bereits auf ihn und klopfte ihm zur Begrüßung wortlos auf die Schulter, ehe sie an den Tisch traten, auf dem Gerd unter einer Decke den Körper einer Frau ausmachen konnte.

„Hallo, Gerd“, begrüßte die Gerichtsmedizinerin ihn, als hätten sie gerade erst miteinander gesprochen. Dabei war es fünf Jahre her. Petra Meister war es gewesen, die seine Frau und seine Tochter untersucht hatte. Untersucht, das klang weniger bedrohlich als obduziert.

Gerd nickte ihr freundlich zu. Sie konnte schließlich ebenso wenig wie er und die anderen Kollegen von der Mordkommission etwas dafür, dass sie die Umstände eines Todes ermitteln mussten.

„Hey, Petra, schön dich zu sehen“, sagte er und gab sich Mühe, Herzlichkeit in die Stimme zu legen, um die unbehagliche Stille, die kurz entstanden war, aufzulösen.

„Die Frau liegt schon länger im Wasser“, erklärte die Gerichtsmedizinerin. Sie sah Andy an, doch Gerd konnte die Erleichterung, die ihm galt, in ihrer Stimme hören.

„Aber nicht an der Stelle, an der ich sie gefunden habe. Das hätte doch jemand bemerkt.“ Gerd Neubert dachte nach. „Wo beginnt eigentlich die Volme und wo endet sie?“, fragte er. Niemand antwortete.

Andy zog nur die Schultern hoch. „Du stellst Fragen.“

„Wisst ihr schon, wer die Frau ist?“, unterbrach die Gerichtsmedizinerin Gerds Gedankengang.

Andy Klausner schüttelte den Kopf. „Bisher noch nicht. Sie hatte keine Papiere bei sich und eine Vermisstenmeldung liegt nicht vor.“

Die Gerichtsmedizinerin nickte nachdenklich. Sie wusste, was das bedeutete. Die Suche konnte Monate dauern.

„Irgendwie erinnert mich das an deine Toten in der Volme." Andy sprach aus, was Gerd gedacht hatte.

„Das muss 88 oder 89 gewesen sein", stimmte er zu. „Mein erster großer Fall. Er wurde nie so richtig aufgeklärt. Reiner Indizienprozess und ich habe die Indizien beschafft."

Gerd drehte sich zur Seite, um die Frau nicht ansehen zu müssen. Das aufgequollene Gesicht unter den blonden Haaren.

„Aber es wurde jemand verurteilt, oder?", erkundigte sich die Gerichtsmedizinerin, von der Gerd annahm, dass sie damals allenfalls im Sandkasten gespielt, sicher aber keine Polizeiberichte gelesen hatte.

Andy sah Gerd von der Seite an, ehe er nickte und antwortete. „Die Täter wurden rechtskräftig verurteilt. Zu 30 Jahren. Einer von ihnen ist in der JVA Werl verstorben." Er stockte. „Der andere hat vor zwei Jahren einen Wiederaufnahmeantrag gestellt."

Gerd sah ihn überrascht an. Er wurde bleich. „Das wusste ich nicht! Wieso weiß ich das nicht?", redete er sich in Rage. „Als verantwortlicher Ermittler sollte ich das wissen!"

Andy und Petra schauten sich an.

„Was glotzt ihr so?", kommentierte Gerd ihren Blick aufgebracht.

„Äh, soviel ich weiß, hat man versucht, dir eine Vorladung zuzustellen", antwortete Andy vorsichtig. Seine Stimme klang bedrückt. Sie brachte Gerd auf den Boden der Realität zurück.

Er hatte kein Recht, sich zu beschweren. Schließlich war er selbst es gewesen, der die Familienwohnung aufgelöst hatte und fortan keine Anschrift mehr besitzen wollte. „Wer mich sucht, findet mich auch", hatte er immer betont und nie daran gedacht, dass Behörden nur in Häusern mit Briefkästen und nicht auf der Straße suchen.

„Ich bringe dich später auf den aktuellen Stand", versprach Andy. „Lass uns das hier erst mal beenden."

Petra nahm das als Zeichen, mit ihrem Vortrag über die Todesursache fortzufahren.

Gerd hörte nur halb zu. Wie war das damals noch? An einem Morgen waren in der Volme zwei Frauenleichen gefunden worden.

„Wurde eine der Frauen damals nicht auch mit einem Messer im Rücken aufgefunden?", grübelte Andy Klausner laut. „Auch damals war der Fundort nicht der Tatort."

Gerd fiel auf, dass Andys schwarzbraune Haarmähne, die so gar nicht zu einem Polizisten passte, einem Kurzhaarschnitt gewichen war, in dem sich erste silberne Haare bemerkbar machten. Wie alt mochte Andy heute sein?

„Eines ist dieses Mal anders", riss Andy Gerd aus den Gedanken. Er zog sein Handy aus der Tasche und zeigte den beiden ein Foto.

„Was ist das?", fragte Gerd.

„Ein Brieföffner aus den dreißiger Jahren", antwortete Andy Klausner. „Den haben die Taucher in der Volme gefunden. Ganz in der Nähe des Gitters, an dem du die Frau gesehen hast."

Gerd ärgerte sich, dass er den Fund nicht mitbekommen hatte. „Das war es also, was in ihrem Rücken steckte", murmelte er. „Aber warum lässt der Täter die Tatwaffe zurück? Wenn die Frau an einer anderen Stelle umgebracht wurde, trieb sie mit dem Ding im Rücken durch Hagen." Eine merkwürdige Vorstellung, aber seine langen Jahre bei der Mordkommission hatten ihn gelehrt, dass alles möglich war.

„Bei einem solchen Brieföffner kann man doch herausfinden, woher er kommt", mischte sich die Gerichtsmedizinerin ein. „Sieht wertvoll aus."

Andy Klausner nickte. „Wir haben schon einen Kollegen dran gesetzt." Er verabschiedete sich von der Gerichtsmedizinerin und schob Gerd aus dem Raum.

„Hast du nicht Lust, wieder bei uns mitzumachen?", fragte

Andy Klausner, als sie vor dem AKH standen, ohne Gerd anzusehen. Nach den letzten Fällen, bei denen Gerd ihnen den entscheidenden Hinweis gegeben hatte, war die Frage immer aufgekommen. Jedes Mal hatte Gerd den Kopf geschüttelt. Andy Klausner konnte es nicht mehr sehen. Aber er konnte auch nicht ewig auf den Boden starren. Als er den Kopf hob, begegneten ihm Gerds Augen.

„Ich mach's", sagte Gerd fest. „Aber nur dieses Mal und nur, weil mich die Frau an die Geschichte von damals erinnert. Ich glaube, da habe ich noch etwas gut zu machen."

Als Andy ihn vor der Suppenküche am CVJM-Haus absetzte, schwirrte Gerd der Kopf. Wieder dabei. Ab sofort gehörte er zum Team der „SOKO Volme". Andy Klausner hatte ihm den Gruß seines ehemaligen Chefs Heiko Ballmann ausgerichtet, der inzwischen Polizeipräsident war. „Will man Käse, muss man Milch auf dem Dienstweg verschicken", das war stets Heikos Maxime gewesen.

Gerd lachte, als er daran dachte, wie Heiko schon früher mit diesen Worten und einem ironischen Grinsen zielführend statt bürokratisch gehandelt hatte, was ihm mehr als einmal Ärger einbrachte. Es überraschte ihn, dass er es zu dem Posten gebracht hatte. Aber er wusste eben immer, was nötig war. Und jetzt wollte Heiko keinen Käse, er brauchte einen erfahrenen Mitarbeiter, und zwar sofort. Einen, der wusste, was damals geschehen war und der heute von Anfang an dabei war. Gerd würde ihn nicht enttäuschen.

Erste Erfolge

20. August 1988:
Polizei tappt weiter im Dunkeln
Noch immer stehen die Hagener unter Schock. Niemand kann sich erklären, warum Helga S. und Anette B. den Tod fanden. Als gesichert darf angenommen werden, dass es der gleiche Täter war, der sie an einem noch unbekannten Tatort erstach und dann in die Volme warf. „Solange wir das Motiv nicht kennen, raten wir gerade Frauen zur Vorsicht", erklärte Gerd Neubert, Leiter der Sonderkommission. „Es gibt Indizien dafür, dass der Täter die Frauen überrascht hat und sie keine Gelegenheit zur Gegenwehr hatten." Wenig erfreuliche Aussichten für diesen Sommer also.

Gerd wachte schweißgebadet auf. Er hatte einen üblen Traum gehabt. Alles war so real. Der Lastwagen und das kleine Auto seiner Frau. Seine Tochter. Er drehte sich auf die andere Seite und versuchte den Gedanken an sein früheres Leben zu verdrängen. Stattdessen dachte er an die Tote im Fluss. Er hatte schon oft mit Leichen zu tun gehabt. Die hatten ihn nicht aus der Spur gebracht. Einsame Rentner, die wochenlang unbemerkt in ihren Wohnungen lagen. Drogensüchtige, die sich auf öffentlichen Toiletten den goldenen Schuss gesetzt hatten. Verzweifelte Menschen, die ihre letzte Chance darin sahen, sich vor einen Zug zu werfen. Verkehrstote.

Doch die Bilder der toten Frau aus der Volme wollten ihm nicht aus dem Kopf gehen. Als er versucht hatte, sie aus dem Wasser zu ziehen, hatte er sie nicht angesehen. In der Gerichtsmedizin war sie ihm bekannt vorgekommen. Wie aus einem früheren Leben. Er hatte den Gedanken weggeschoben.

Aber nachts im Schlafsack meldete sich seine Erinnerung. Er war sich ganz sicher, dass er die Frau bereits einmal gesehen hatte. Ob seine ehemaligen Kollegen inzwischen herausgefunden hatten, wer sie war?

In Gedanken ließ er seinen Blick über ihr bleiches Gesicht auf dem Tisch in der Pathologie wandern. Die langen, blonden Haare zeigten am Ansatz, dass die Farbe nicht echt war. Er versuchte, sich das Gesicht umrahmt von dunklen Haaren vorzustellen.

Auf einmal fiel es ihm wie Schuppen von den Augen. Sie war damals die einzige Zeugin. Sie wurde in das Zeugenschutzprogramm aufgenommen, aber ihre detaillierte Aussage über die Täter war nur ein weiteres Indiz in der Kette, die er zu verantworten hatte.

Jetzt erinnerte er sich ganz genau an ihre Aussage vor Gericht, die sie in Begleitung ihres Vaters tätigte.

Gerd kam es so vor, als hätten die Jahre auf der Straße Zellen in seinem Gehirn gelöscht. Er wusste, dass der Vater verhindern wollte, dass seine Tochter eine Aussage machte. Ein einflussreicher Mann, der sein Ziel fast erreicht hätte. Wenn er, Gerd, nicht so auf die junge Frau eingeredet hätte. Wie alt mochte sie damals gewesen sein? Höchstens 20.

Warum war sie zurück nach Hagen gekommen? Na ja, irgendwie konnte er es doch verstehen. Heimweh nach der Heimatstadt. Hatte sie das Heimweh mit ihrem Leben bezahlt? Oder verwechselte er sie mit einer anderen Frau? Er musste mit Andy sprechen.

Obwohl es noch dunkel war und er aus der Ferne die Stimmen der letzten Gäste der Disco im Ratskeller hörte, kroch er aus dem Schlafsack. Da hatten einige die Extraschicht wohl wieder zu ernst genommen.

Mit der Idee im Kopf konnte er nicht mehr schlafen. Seinen Schlafsack unter dem Arm, machte er sich auf den Weg in Luthers Waschsalon. Vom ersten Tag auf der Straße an hatte er es sich zum Prinzip gemacht, gewaschen und ordentlich gekleidet zu sein. Niemand sollte ihm ansehen, wo er die

Nacht verbrachte. Meistens war seine Tarnung gelungen. An den Wochenenden nutzte er Events wie den Auto-Salon oder das Springefest, um sich mit kostenfreien Hagener Spezialitäten zu versorgen.

Frisch geduscht betrat er eine halbe Stunde später die Kantine des Polizeipräsidiums. Wie in alten Zeiten saß Andy hier und trank seinen Morgenkaffee. Vor sich ein Notizbuch.

Als er Gerd sah, winkte er ihm zu und bat ihn, sich zu setzen. „Na, Gerd, wie wär's denn mal wieder mit 'nem richtigen Frühstück? Warte, ich hol dir eins. So wie früher?"

„Ja bitte", meinte Gerd, „aber dann müssen wir unbedingt reden!"

Andy stellte das Tablett mit einem großen Becher Kaffee und zwei Schinkenbrötchen vor Gerd hin. „Lass es dir schmecken!"

Doch Gerd hatte keine Ruhe. Er nahm nur einen Schluck.

„Ich habe noch mal nachgedacht", begann er, bevor er in das knackige Brötchen mit Schinken biss, das ihm schon lange nicht mehr zum Frühstück serviert worden war.

„Ich habe noch mal nachgedacht", sagte Andy im gleichen Moment.

Die Männer lachten. Gerd kam es vor, als wäre er nie weg gewesen. Er genoss das Frühstück und ließ Andy reden.

„Der Brieföffner ist der Schlüssel." Andy fuchtelte mit seinem Joghurtlöffel in der Luft herum und verteilte weiße Spritzer auf Gerds einzigen repräsentativen Pullover. Doch Gerd achtete nicht darauf. Wozu auch? Er war wieder zu Hause. Niemand zweifelte seinen Status an. Er spürte, wie eine innere Wärme ihn zum ersten Mal seit langem wieder durchflutete, als er Andys Worten lauschte.

„Wir brauchen einen Experten. Der Kollege kann auch nicht mehr sagen, als wir uns gedacht haben. Dass der Brieföffner aus den dreißiger Jahren stammen könnte."

Gerd wischte sich die Krümel vom Mund und versuchte, unauffällig die Joghurtflecken weg zu reiben. „Dirk Rautenberg. Das ist unser Mann", erklärte er währenddessen siegessicher.

Andy schüttelte den Kopf. „Dirk Rautenberg. Du spinnst, das ist der größte Antiquitätendieb im ganzen Ruhrgebiet. Der müsste in der JVA Bochum einsitzen."

Gerd nickte. „Sitzt er. Aber ich bin sicher, dass Dirk weiß, was das für ein Brieföffner ist. Kannst du mir einen Termin besorgen?", fragte er seinen Soko-Kollegen und hatte völlig vergessen, dass er nur geduldetes Mitglied der Soko war und noch längst nicht wieder Kriminalkommissar.

„Ich will sehen, was ich tun kann", versprach Andy und stand auf. „Komm mit, ich muss dir was zeigen. Die Frau."

Gerd schlug sich mit der Hand vor die Stirn. „Mensch, deshalb bin ich doch überhaupt nur gekommen. Ich glaub, ich weiß, wer sie ist."

„Und ich weiß, dass ich es weiß", entgegnete Andy und deutete auf das große Reißbrett an der Wand in seinem Büro, das sie inzwischen erreicht hatten. „Da. Schau dir das mal an und sag was."

Gerd ging zur Wand und stutzte: „Das sind alles Bilder von den Villen aus Hagen, die den Krieg überstanden haben. Da wohnen Vorstände, Fabrikanten, Politiker, Immobilien-Adel. Was soll das? Kennst du die? Ich kenne die nur aus der Zeitung."

„Die Fotos haben wir im Loft der Toten gefunden. In einer James Last-Schallplattenhülle versteckt. Zusammen mit einer Sammlung alter Zeitungsartikel. In einigen davon kommst du übrigens auch vor." Andy tippte mit seinem Kugelschreiber nervös auf die Schreibtischunterlage. „Glaub mir, da steckt was ganz Großes dahinter. Ich bin froh, dass du mit im Team bist."

„Und wie heißt sie nun?" Gerd war gespannt, ob er Recht hatte und es sich wirklich um jene Zeugin handelte, die er selbst vor 25 Jahren als Kronzeugin ermittelt hatte. Wenn ihm nur ihr Name einfiel! Anscheinend stimmte es doch, dass durch zu viel Alkohol Gehirnzellen absterben. Wenn er an seinen Schnapskonsum im ersten Jahr nach dem Tod seiner Frau dachte. Er schüttelte die Gedanken ab. Wichtig war doch, ob er mit seiner Vermutung richtig lag, dass es sich bei der Toten um die inzwischen 25 Jahre ältere Kronzeugin von damals handelte.

„Lea Weinheim alias Leonore von Frickenstein. Der Name von Frickenstein sagt dir sicher noch was, oder?“ Andy stellte sich neben Gerd.

Gerd schlug sich mit der Hand gegen die Stirn. „Klar doch. Jetzt erinnere ich mich auch wieder. Leonore von Frickenstein. Genau. Ihr Vater war damals schon Oberstaatsanwalt. Er hat mit allen Mitteln versucht, dass seine Tochter das Maul hält.“

Er starrte auf die Bilder, die die Spurensicherung in der Schallplattenhülle gefunden hatte. Warum hatte die Tochter des Oberstaatsanwalts all diese Fotos gesammelt? Was hatte es mit den Häusern aus der Gründerzeit auf sich? Ob doch mehr hinter dem Versuch des Alten steckte, seiner Tochter die Aussage zu verbieten? Sie hatten immer vermutet, dass er am besten wusste, was ihre Aussage und das Zeugenschutzprogramm für die Familie bedeutete. Seine Frau, hieß es, sei danach jahrelang in psychiatrischer Behandlung gewesen.

Er starrte Andy an, als dieser ihm erklärte: „Oberstaatsanwalt Ansgar von Frickenstein ist zwar bereits im Ruhestand, aber noch immer eine gefürchtete Persönlichkeit hier im Präsidium.“ Andy holte tief Luft. „Und bereits auf dem Weg hierher.“

Eine heikle Vernehmung

30. März 1990:
Täter aufgrund von Indizien überführt
Es kehrt wieder Ruhe ein in Hagen. Die Mörder von Helga S. und Anette B. sind mithilfe von Indizien, die der leitende Ermittler Gerd Neubert mit seinen Leuten fand, überführt und verurteilt. „Ich bin froh, dass ich wieder ohne Angst unterwegs sein kann", erklärt uns eine der Zuschauerinnen der öffentlichen Urteilsverkündung. Kann sie das wirklich? Indizien sind keine Beweise. Viele Fragen bleiben unbeantwortet. Wir hoffen für die Hagener, dass die fehlenden Antworten für sie nicht zum Verhängnis werden.

Gerd zog die Augenbrauen hoch. Als hätte er die richtige Filmspule gefunden, tauchten die Erinnerungen wieder auf. Oberstaatsanwalt von Frickenstein und er waren sich in mehr als einem Fall begegnet. Es war eine Zweckgemeinschaft, die sie verband. Die Chemie zwischen ihnen stimmte einfach nicht. Gerd hatte immer das Gefühl, dass dieser Oberstaatsanwalt nicht echt war, das wusste er wieder ganz genau.

„War das nicht der Oberstaatsanwalt, dem eine Beteiligung am Handel mit NS-Beutekunst angedichtet wurde?", vergewisserte er sich, obwohl er sicher war, dass das der Vater der Toten war.

Andy nickte. „Ja, der war das. Und nun finden wir seine Tochter als Wasserleiche in der Volme." Sein Gesicht wurde finster. „Ich habe ihn vor einer halben Stunde angerufen und gebeten, aufs Präsidium zu kommen. Er weiß noch nichts vom Tod seiner Tochter. Aber das ist nicht ungewöhnlich. Von Frickenstein muss Ende 60 sein. Wurde vor drei oder vier Jahren mit großem Tamtam in den Ruhestand verabschiedet. Wer weiß, ob er Kontakt zu seiner Tochter hatte", meinte er und sah auf, weil die Tür zu seinem Büro im gleichen Moment aufsprang, in dem ein lautes, herrisches Klopfen ertönte.

Die Frage, wer den Raum betrat, erübrigte sich. Gerd und Andy konnten sich rasch noch einen Blick zuwerfen. Gerd drehte sich schnell zu der Glasscheibe hinter sich und prüfte, ob er auch wirklich alle Joghurtflecken von seinem Pullover entfernt hatte.

Ansgar von Frickenstein hatte ihn schon früher eingeschüchtert, wenn er nicht gerade hieb- und stichfeste Argumente und Beweise mitbrachte.

„Ah, der Herr Oberstaatsanwalt!" Gerd bewunderte Andy Klausner, der in die Begrüßung genau die richtige Mischung aus Jovialität und Arroganz legte. Das hatte er in seiner Laufbahn nie hinbekommen.

Ansgar von Frickenstein zögerte bei der Anrede. So konnte Gerd ihn in Ruhe betrachten. Mit dem Schmiss auf seiner Wange wirkte er wie ein Relikt aus einer anderen Zeit. Stahlgraue Augen. Strenger Blick. Man sah ihm an, dass er es gewohnt war, im Mittelpunkt zu stehen – nicht nur aufgrund seiner beachtlichen Körpergröße und Körperfülle.

„Wieso bestellen Sie mich her?", bellte der Oberstaatsanwalt a. D. in den Raum.

Andy Klausner reichte ihm die Hand. „Klausner. Herr Oberstaatsanwalt. Wir haben telefoniert. Meinen Kollegen Neubert kennen Sie sicher noch." Er ging an von Frickenstein vorbei, schloss die Bürotür und wies erst dann auf einen freien Stuhl vor seinem Schreibtisch. „Lassen Sie uns Platz nehmen, bitte."

Von Frickenstein sah Gerd unwillig an. Er schnaubte. „Kollege. So, so! Das war wohl mal, was?"

Gerd zwang sich, ruhig zu bleiben. Der pensionierte Oberstaatsanwalt kannte seine Geschichte. Wie konnte er es wagen, ihn so zu behandeln! Ja, er war nach dem Schicksalsschlag abgestürzt. Ja, er lebte auf der Straße. Aber er war ein Mensch und hatte das gleiche Recht wie alle, dass seine Gefühle geachtet wurden. So sehr er den Tod von Leonore von Frickenstein, mit der er als junge Zeugin viel Zeit verbracht hatte, bedauerte. Dem Vater gönnte er diesen Schicksalsschlag von Herzen.

Von Frickenstein beachtete ihn nicht weiter. Mit einem flüchtigen Blick auf seine Armbanduhr setzte er sich und herrschte im gleichen Augenblick: „Was gibt's? Wie Sie wissen, bin ich im Ruhestand und habe mit Ihren Fällen nichts mehr zu tun."

„Wissen Sie, Herr von Frickenstein, wo sich Ihre Tochter in den letzten Tagen aufgehalten hat?", fragte Andy, ohne den Leichenfund zu erwähnen.

Ein undefinierbarer Blick aus stahlgrauen Augen musterte ihn. Mit leichtem Stirnrunzeln antwortete der Oberstaatsanwalt: „Meine Tochter lebt in London. Warum fragen Sie?"

„Wann haben Sie das letzte Mal mit Ihrer Tochter gesprochen?" Es schien Andy einige Mühe zu kosten, seiner Stimme einen neutralen Klang zu geben.

Gerd kannte ihn aus den alten Zeiten gut genug. Andys leicht zusammengekniffene Augen und die Stimmmodulation zeigten, dass sein alter Kollege und Freund innerlich kochte.

„Gestern Morgen habe ich mit ihr telefoniert", sprach von Frickenstein und beugte sich zu Andy vor. Er funkelte den Kommissar an.

Gerd beobachtete ihn genau, diesen Blick konnte er sich nicht erklären.

„Sie lügen!", brüllte Andy und beugte sich über den Schreibtisch. Dabei streckte er den rechten Arm nach vorne, sodass sein Zeigefinger fast die Brust des Oberstaatsanwalts berührte.

Von Frickenstein stand abrupt auf. Laut polternd fiel sein Stuhl nach hinten um. „Sind Sie von Sinnen, Klausner?", brüllte er zurück. „Warum sollte ich lügen?“ Dabei trat er wütend gegen den umgefallenen Stuhl.

„Sie können gestern Morgen nicht mit ihr telefoniert haben. Wir haben sie vorgestern tot aus der Volme gefischt“, sagte Andy gefährlich leise. „Und gestern den ganzen Tag versucht, ihre Identität zu ermitteln. Hätte ihre Putzfrau sie nicht als vermisst gemeldet, weil sie auf ihren Lohn wartete, läge sie noch immer unerkannt bei Frau Doktor Meister in der Gerichtsmedizin!“

Gerd, der das Gespräch bisher stumm beobachtet hatte, sah, wie von Frickensteins Gesicht von einer Sekunde zur anderen sämtliche Farbe verlor.

„Das ist unmöglich“, stammelte er. „Ich habe mit ihr telefoniert. Ganz sicher.“

Er wollte sich hinsetzen und wäre beinahe auf den Boden gestürzt, wenn Gerd nicht reagiert hätte. Rasch griff er nach dem Mann, der in zwei Minuten um zehn Jahre gealtert schien, und schob ihn auf den zweiten Stuhl vor Andys Schreibtisch.

Nun hatte auch Andy begriffen, dass er von Frickenstein zu viel zugemutet hatte. Er holte ein Glas von seinem Besprechungstisch und füllte es mit Wasser.

„Hier, nehmen Sie!“, forderte er den Oberstaatsanwalt auf. Er sah Gerd über den Kopf des alten Mannes hinweg an und zog ratlos die Schultern hoch.

Gerd nickte ihm beruhigend zu, als wollte er sagen: „Ich mache das schon.“ Wie in alten Zeiten.

„Herr von Frickenstein“, begann Gerd leise und sanfter, als er sich selbst jemals zugetraut hätte. „Wann genau haben Sie mit Ihrer Tochter telefoniert?“

Der Oberstaatsanwalt starrte ihn an. „Gestern. Sie hat angerufen. Ich hatte gerade keine Zeit und habe ihr erklärt, dass ich mich am Abend melden würde.“ Er nahm einen Schluck aus dem Glas. „Abends war sie dann nicht erreichbar. Ich habe mir keine Gedanken gemacht.“ Er lachte bitter.

„Wohnte ich in London, säße ich abends auch nicht zu Hause."

„Auf dem Festnetz oder auf einem Mobiltelefon?", hakte Gerd vorsichtig nach.

„Sie hat mir eine Mobilnummer gegeben, unter der ich sie erreichen kann", antwortete von Frickenstein. Er sah zuerst Gerd und dann Andy an. „Ich weiß, das ist gegen die Vorschriften des Zeugenschutzprogramms. Aber meine Frau wäre nie wieder auf die Beine gekommen, wenn wir nicht wenigstens die Chance gehabt hätten, Leonore zu erreichen und zu hören, dass es ihr gut geht."

Das konnte Gerd sogar verstehen. Er wusste nicht, wie er in der Situation gehandelt hätte.

„Ich vermute, es war eine Nummer, die nur Sie kannten", mischte Andy sich nun wieder in das Gespräch ein.

Gerd sah, wie sich die Gesichtsfarbe Ansgar von Frickensteins langsam wieder normalisierte. Das Zeichen für ihn, etwas genauer nachzufragen.

„Aber sie kann zu dem Zeitpunkt doch auch in Deutschland gewesen sein!", stellte er fest und beobachtete den alten Oberstaatsanwalt bei der Bemerkung genau. Sein Blick verriet nichts. Er lachte sogar leise. Wie Gerd manchmal, wenn ihm eine Erinnerung in den Sinn kam.

Woran von Frickenstein dachte, wurde wenig später klar. „Ich weiß es, weil im Hintergrund die Glocken von Big Ben läuteten. Wir haben noch darüber gewitzelt, dass man sein Wort kaum verstehen kann." Während der Erklärung hatte er sein Smartphone aus der Tasche gezogen. „Hier, da ist die Liste der eingegangenen Anrufe. Das ist ihre Nummer." Er fuchtelte Andy mit dem Handy vor der Nase herum. Dieser sog tief die Luft ein.

„Das kann nicht sein!", beharrte er.

„Das ist unmöglich!" Gerd bewunderte die Kondition von Ansgar von Frickenstein, der schon wieder auf seinem Recht beharrte. Ehe er eine ruhige Antwort geben konnte, warf Andy ein: „Ebenso unmöglich wie die Tatsache, dass Ihre Tochter einen Loft in Haspe bewohnte?"

Gerd hatte nur noch Fragezeichen im Kopf. Ihm fiel plötzlich ein, dass Andy ihm nicht erzählt hatte, wie die tote Frau identifiziert wurde.

„Kennen Sie Freunde Ihrer Tochter hier in Hagen oder in London? Wir brauchten eine Aufstellung", mischte Gerd sich nun doch ein.

„Neubert, Sie haben hier keine Fragen zu stellen. Sie sind nicht mehr im Polizeidienst", zischte von Frickenstein. Er schien sich wieder im Griff zu haben.

„Falsch, Herr Oberstaatsanwalt", knurrte Andy, „Herr Neubert ist wieder im Dienst und Mitglied der Soko Volme."

„Sie wollen doch nicht sagen, dass Sie diesen Penner wieder in den Polizeidienst aufgenommen haben? Darüber ist das letzte Wort noch nicht gesprochen", tobte von Frickenstein und sprang erneut von seinem Stuhl auf.

Gerd grinste. Auch er hatte sich wieder im Griff. Das Mitleid mit dem alten Mann, das ihn kurz überkommen hatte, war verschwunden. „Penner hin oder her. Das ist momentan nicht so sehr von Bedeutung, Herr von Frickenstein. Ihre Tochter ist ermordet worden und das nicht erst gestern Abend. Sie werden verstehen, dass wir mehr als eine offene Frage zu klären haben."

„Ich werde dafür sorgen, dass das ein Ende hat. Ich kenne die richtigen Leute." Von Frickenstein sah Gerd und Andy nun wieder mit jenem stahlharten Blick an.

„Gut, tun Sie das." Gerd bewunderte Andy, der ruhig blieb, auch wenn er wusste, dass es nicht gut war, sich mit dem ehemaligen Oberstaatsanwalt anzulegen. „Aber jetzt beantworten Sie erst einmal meine Fragen."

„Ich beantworte gar nichts. Ich möchte auf der Stelle die Tote sehen!", widersprach von Frickenstein. „Meine angebliche Tochter." Er spuckte die Wörter förmlich aus und sah geflissentlich an Gerd vorbei. „Wenn das nicht innerhalb der nächsten halben Stunde geschieht, haben Sie die längste Zeit in diesem Büro verbracht."

„Und wenn Sie nicht mit Informationen rausrücken, haben Sie bald die längste Zeit in Freiheit verbracht", konterte Andy.

„Sie können mir nicht drohen, ich sitze am längeren Hebel, Sie kleines Licht", erwiderte von Frickenstein.

„Schluss jetzt!", brüllte Gerd und knallte mit der Faust auf den Schreibtisch. „Ihr benehmt euch wie im Kindergarten! Eine Frau ist tot und wir sollten schleunigst klären, ob sie nun Ihre Tochter ist oder nicht, Herr von Frickenstein."

Beide Männer sahen ihn an und hielten tatsächlich für einen kurzen Moment in ihrem Streit inne.

Andy Klausner ging schweigend zum Telefon und rief die Pathologin an. Fast wäre der Streit erneut entbrannt, weil von Frickenstein den Termin bestimmen wollte.

„Also, heute um 15 Uhr in der Pathologie im AKH", verkündete Andy Klausner, nachdem er das Telefonat beendet hatte. Der Oberstaatsanwalt nickte.

„Wir werden versuchen, bis dahin die Londoner Polizei um Amtshilfe zu bitten. Dann sehen wir ja, wer Recht hat", versprach Andy.

Ohne ein weiteres Wort verließ von Frickenstein das Büro.

Gerd nutzte den Moment der Stille. „Sag mal, mein Alter. Woran hast du die Dame aus der Volme eigentlich identifiziert?"

„Am Schmuck, den sie trug", antwortete Andy.

„Woher kennst du ihren Schmuck?" Gerd sah seinen ehemaligen Mitarbeiter verblüfft an. „Ist es das, was ich denke? Hattest du etwas mir ihr?"

„Nichts ist, wie du denkst. Mir fiel ein, dass ich sie vor einer Woche auf einer Vernissage im Osthaus-Museum gesehen habe. Damals ist mir ihre Halskette aufgefallen. So ein dicker, dunkelroter Klunker. Das Ding hing der Toten um den Hals.“ Er grinste. „War gar nicht so leicht, dem Museum die Fotos von der Ausstellungseröffnung aus den Rippen zu leiern. Wir hatten Glück, ihre Begleiterin, Wilma Hansen, ist den Frauen vom Kulturbüro bekannt und über sie haben wir dann die Identität ermittelt. Außerdem gab es heute Morgen eine Vermisstenmeldung von der Putzfrau, die sich nach Leonore von Frickenstein erkundigte, weil sie seit zwei Tagen auf ihr Geld wartet.“

„Chapeau!“ Gerd war wieder einmal beeindruckt davon, was Polizeiarbeit bringen konnte und wie Kommissar Zufall sich immer wieder einmischte, um sie mit einer entscheidenden Information zu versorgen. Er merkte, wie ihm das gefehlt hatte in den letzten fünf Jahren.

„Du gehst ins Osthaus-Museum?“ Er betrachtete seinen ehemaligen Kollegen mit einer gewissen Neugier. „Früher hast du dich für Fußball interessiert, Kunst war ein No-go für dich. Hast du etwa eine neue Freundin?“, flachste er.

Andy Klausner wand sich, antwortete jedoch nicht. Gerd kam ein unglaublicher Gedanke. Ob er etwas mit der Frau zu tun hatte?

„Ach, Quatsch“, schalt er sich selbst und war direkt froh, dass ihm ausgerechnet jetzt einfiel, dass die Volme am Südostrand der Stadt Meinerzhagen beginnt. Nur gut 20 Kilometer der 50 Kilometer langen Volme entfallen auf das Hagener Stadtgebiet. Das hatte er auswendig gelernt. Damals in der 3. Klasse. Für eine Erdkundearbeit. Irgendwo zwischen Meinerzhagen und Hagen-City musste jemand Leonore von Frickenstein, die sich seit 25 Jahren Lea Weinheim nannte, ins Wasser geworfen haben. Aber warum? Der letzte Überlebende der beiden Täter, die er damals ermittelt hatte, saß hinter Gittern. War ihr Tod ein Zufall? Konnte die gleiche Todesart ein Zufall sein?

Er verspürte plötzlich Durst und ungeheuren Appetit auf ein kühles Bier. Gedankenverloren leckte er sich die Lippen und schluckte. Jetzt war es Andy, der Gerd kritisch beobachtete und fragte: „Alles klar bei dir?"

„Nein, nichts ist klar", hätte Gerd am liebsten geschrien. Aber alles, was er sagte, war: „Ja."

Hilfe aus London

15. August 1997:
Die Spur führt nach Süddeutschland
Jahrelang war es ruhig um das Gerücht, dass von Hagen aus Nazi-Beutekunst in die ganze Welt verschoben wird. Nun gibt es eine neue Spur. Sie führt in den Süden der Republik. Noch ist sie so nebelhaft, dass wir es nicht wagen, über sie zu schreiben. Namen sind im Gespräch, die selbst uns in der Redaktion den Atem stocken lassen.

Lea Weinheim stand am Fenster des kleinen Londoner Apartments ihrer Mutter in der Battersea High Street und blickte durch leichten Nebel hinüber nach Chelsea Harbour, als es läutete.

Ob das Timothy war? Sie war einige Tage in London, um seine Familie besser kennen zu lernen. Es tat ihr zwar leid, dass ihre Mutter ausgerechnet jetzt in Deutschland war, aber es war auch schön, Timothy hier in Ruhe zu treffen. Ihre Mutter hatte noch immer Vorbehalte gegen ihren Freund aus einer alten englischen Familie. Sie hatte ohnehin Vorbehalte gegen alles, was mit Familie zu tun hatte, das hatte Lea schon als Kind gespürt.

Voller Vorfreude auf Timothy drückte Lea den Knopf der integrierten Gegensprechanlage. „Ja?"

„Hier ist Detective Constable Whithead von der Metropolitan Police, Abteilung SO4 National Identification Service. Ich habe einige Fragen an Sie", klang es etwas metallisch aus dem Lautsprecher neben der Eingangstür des Apartments. Ohne etwas zu entgegnen, betätigte Lea Weinheim den Türöffner.

Mit einem schnellen Blick in den Spiegel richtete sie ihre Haare, zog den Lippenstift nach und atmete tief durch. Polizei im Haus, noch dazu die legendäre Abteilung S04, das konnte nichts Gutes bedeuten. Da klopfte es auch schon an ihrer Wohnungstür. Sie stutzte. Wie war der Detective so schnell in die 5. Etage gelangt, ohne Aufzug? Auf Zehenspitzen näherte sie sich der Tür. Gerade konnte sie sich noch davon abhalten, durch den Spion zu schauen.

Lea Weinheim schloss die Tür auf, beließ die Türsicherung aber noch in ihrer Funktion und öffnete die Eingangstür ihrer Wohnung, soweit es die Türsicherung zuließ. Vor der Tür stand ein adrett in Zivil gekleideter Mann mittleren Alters. Sie schätzte ihn auf Mitte 30.

„Detective Constable Whithead“, stellte er sich noch einmal vor und präsentierte seine Dienstmarke vor dem geöffneten Türspalt.

„Ich habe einige Fragen an Sie, Frau Weinheim. Wir haben ein Amtshilfegesuch aus Deutschland. Darf ich hereinkommen?“

Lea war überrascht. Der Mann sprach ein nahezu akzentfreies Deutsch. Sie entriegelte die Türsicherung und bat den Detective herein.

„Spreche ich mit Lea Weinheim? Können Sie sich ausweisen?“ Der Detective hielt sich nicht mit Erklärungen auf, sondern sah sie auffordernd an.

„Ja, selbstverständlich, aber möchten Sie mir nicht erst einmal sagen, worum es geht?“ Metropolitan Police hin oder her. Lea wollte wissen, warum sie sich in der Wohnung ihrer Mutter, in der sie jahrelang gelebt hatte, ausweisen sollte.

„Nun.“ Detective Constable Whithead räusperte sich. „Laut Angaben meiner deutschen Kollegen wurde Ihre Leiche vor ein paar Tagen aus einem Fluss in Hagen geborgen.“

Lea wurde kreidebleich und suchte Halt am Garderobenständer. Nach einigen Sekunden fing sie sich wieder. „Meine Mom ist seit einer Woche in Deutschland. Ich glaube, in ihrer Heimatstadt.“

„Ihre Mutter hat denselben Vornamen wie Sie?" Der Detective sah sie überrascht an.

„Umgekehrt, ich habe denselben Vornamen wie meine Mutter; seit meiner Geburt 1989", erwiderte Lea gereizt und immer noch sichtlich geschockt.

„Meinen Vater habe ich nie kennen gelernt, und erst vor wenigen Jahren habe ich erfahren, dass ich in Deutschland Grandparents habe. Da hat Grandpa sich nach vielen Jahren wieder bei Mom gemeldet. Mom hat immer das Zimmer verlassen, wenn sie miteinander telefoniert haben. Meine Existenz hat sie ihm verschwiegen, das hat mich sehr verletzt. Sie hatte ein Handy nur für Gespräche mit Grandfather."

„Dann haben Sie gestern Morgen nicht mit Ihrem Großvater telefoniert?", sicherte Detective Withead sich ab. Er wollte bereits sein Notizbuch in die Tasche stecken und freute sich auf einen frühen Feierabend, als Lea sagte: „Doch, ich war in Moms Schlafzimmer. Ich wollte mir nur ein Armband von ihr ausleihen und da sah ich, dass sie das Grandpa-Handy nicht mitgenommen hat. Es lag eingeschaltet mit fast leerem Akku auf ihrem Nachttisch. Ich habe, ohne lange zu überlegen, die einzige Nummer gedrückt, die in dem Handy eingespeichert war."

Sie sah den Detective an, als wollte sie sich entschuldigen, dass sie ihre Neugier nicht bezwingen konnte. „Wissen Sie, meine Mutter hat mit mir nie über ihre Vergangenheit gesprochen. Von Frickenstein, hat er sich gemeldet." Sie schüttelte den Kopf. „Den Namen habe ich noch niemals gehört. Er hat mich für Mom gehalten und gefragt, ob es mir gut geht. Ich hatte keine Gelegenheit, mehr als hello zu sagen. Er war in Eile und hat versprochen, sich am Abend zu melden."

Ein trauriges Lächeln huschte über Leas Gesicht. „Wir haben die gleichen Stimmen, meine Mom und ich. Das hat schon zu vielen lustigen Verwechslungen geführt, bis ich mich dann immer mit Little-Lea gemeldet habe, obwohl ich doch viel größer bin. Ach Mom."

Detective Whithead warf einen letzten Blick in sein Notizbuch. Die junge Frau hatte alle seine Fragen beantwortet. „Vielen Dank, Miss Weinheim", verabschiedete er sich. „Kann ich noch etwas für Sie tun?"

Lea blickte weiterhin aus dem Fenster. Detective Whithead war unsicher, ob er sie so zurücklassen konnte. Dann sah er, wie sie sich schüttelte. „Hat Hagen eigentlich einen Flughafen?", fragte sie. Ohne ihn weiter zu beachten, setzte sie sich an ihren Laptop.

„Falls noch etwas ist, melden Sie sich bitte", versuchte er erneut, zu ihr durchzudringen. Er zog seine Karte aus der Tasche und legte sie auf den Schrank neben der Eingangstür, ehe er die Wohnung verließ und die Tür leise hinter sich zuzog.

Längst vergangene Gedanken

23. September 1997:
Arbeitskreis Beutekunst geplant
Wie aus gut unterrichteter Quelle zu hören war, hat der neue Polizeipräsident, Heiko Ballmann, eine Arbeitsgruppe Beutekunst gebildet. „Wir werden in einer ressortübergreifenden Arbeitsgruppe den Gerüchten nachgehen, die sich beharrlich halten, dass Hagen im Mittelpunkt eines Verbrechens rund um Nazi-Beutekunst steht", erklärte Ballmann unserer Zeitung gegenüber. Man darf gespannt sein, was da noch zutage tritt. Die Namen, die im Gespräch sind, lassen vermuten, dass entweder die Hagener Erde bebt oder alles in der Volme versickert.

Andy Klausner, Gerd Neubert und Oberstaatsanwalt von Frickenstein verließen das AKH.

„Ich verstehe das nicht." Ansgar von Frickenstein schüttelte den Kopf, seit er seine Tochter in der Gerichtsmedizin identifiziert hatte. „Was wollte sie hier? Und warum hat sie sich nicht bei mir gemeldet?"

Gerd Neubert sprach ihn an. Er zwang sich, seinen Widerwillen gegen den Mann zu unterdrücken. Jetzt war er der trauernde Vater eines Mordopfers. „Warum haben Sie wieder Kontakt zu Ihrer Tochter aufgenommen?"

Ansgar von Frickenstein nickte bedächtig. „Die Aufnahme meiner Tochter ins Zeugenschutzprogramm war völlig überflüssig. Die Täter wurden verurteilt, es gab keine Beweise für Ihre damalige Vermutung, es habe sich um Auftragsmorde gehandelt und selbst wenn, dazu konnte meine Tochter keinerlei Angaben machen, es bestand somit auch keine Gefahr für sie. Wie schon gesagt, meine Frau hätte sich niemals wieder gefangen, wenn ich ihr nicht diesen Kontakt erlaubt hätte. Kleine Telefonate, wenn es ihr schlecht ging."

Gerd Neubert wiegte nachdenklich den Kopf. „Ich kann Sie verstehen", sagte er langsam. „Dass Sie Ihrer Frau helfen wollten. Aber Sie wissen so gut wie ich, dass damals nicht alles restlos aufgeklärt wurde." Er machte eine Pause und schluckte das unangenehme Gefühl, das der Oberstaatsanwalt in ihm hervorrief, hinunter. „Der Tod Ihrer Tochter bestätigt jedenfalls unseren Verdacht, dass damals zwar diejenigen, die die Waffen geführt haben, verurteilt wurden, ihre Drahtzieher aber weiter ihr Unwesen treiben konnten. Wer weiß, vielleicht wusste Ihre Tochter doch mehr, als sie damals zugegeben hat."

„Ach was, Papperlapapp." Von Frickenstein fuchtelte mit dem Gehstock, den er auf dem Weg in die Gerichtsmedizin benutzt hatte, in der Luft herum. „Unser Verhältnis war damals nicht das beste, Fräulein Zickig und Fräulein Pampig in Personalunion. Hatte tausend verrückte Ideen im Kopf. Wo das Geld dafür her kam, hat sie nie interessiert. Ich bin überzeugt, sie wollte sich damals rächen oder mich erpressen. Ich habe ihr Taschengeld gekürzt und mit Enterbung gedroht. Gott weiß, ich hätte das getan. Das dumme Huhn war sich überhaupt nicht darüber im Klaren, was die Aufnahme in das Zeugenschutzprogramm bedeutet. Aber ein von Frickenstein lässt sich nicht erpressen, niemals zieht er den Schwanz ein." Erschrocken über seine Ausdrucksweise verstummte von Frickenstein abrupt.

Gerd Neubert, der über den Tod seiner Tochter nie hinweggekommen war, konnte es kaum ertragen, wie von Frickenstein von seiner Tochter sprach, die nur wenige Meter entfernt in der Gerichtsmedizin lag. Sein Mitgefühl war nun vollständig einem inneren Widerwillen gewichen. Für ihn war es unvorstellbar, dass Ansgar von Frickenstein offenbar jahrelange Kämpfe mit sich selbst und vermutlich auch mit seiner Ehefrau, von der es hieß, dass sie unter schweren Depressionen litt, ausfechten musste, ehe er wieder auf seine Tochter zugehen konnte. Aber in ihm floss ja auch nur Polizistenblut und kein blaues Blut. Oder steckte etwas anderes dahinter? Vage erinnerte er sich an ein Gerücht, das vor 25 Jahren im Raum stand. Sie hatten es schnell verworfen und nicht weiterverfolgt. Ob das ein Fehler gewesen war, der seinen Schatten bis in die heutige Zeit warf?

Andy Klausner klopfte Ansgar von Frickenstein auf die Schulter. „Kommen Sie, begleiten Sie uns zum Loft Ihrer Tochter, vielleicht finden wir dort ein paar Antworten."

Während der Fahrt zum Loft in Haspe hing Gerd seinen Gedanken nach. Andy hatte seine ganz eigenen Wege durch Hagen, das kannte er noch aus ihrer gemeinsamen Zeit. Vom AKH gab es kürzere Wege nach Haspe als den über die Körnerstraße. Aber irgendetwas schien Andy an der Straße zu faszinieren. Fast wäre Gerd, der aus alter Gewohnheit vergessen hatte, sich anzuschnallen, gegen die Windschutzscheibe geflogen.

Andy bremste scharf, um einen alten Mann mit seinem Rollator über die Straße zu lassen. „Der traut sich was!", kommentierte er dessen Faust, mit der er in der Luft herumwedelte, und fuhr ungerührt weiter.

Als sie von der Körnerstraße in den Graf-von-Galen-Ring eingebogen und auf der Höhe des Gloria-Kinos waren, verlangsamte Andy seine Geschwindigkeit. Gerd warf einen Blick zur Pizzeria. Vier Edelkarossen parkten auf dem Bürgersteig. Immer noch oder schon wieder. Manches änderte sich eben nie.

Im Radio sagte der Sprecher „I am Sailing" an. Gerd drehte den Lautstärkeknopf ganz nach rechts und lehnte sich mit geschlossenen Augen zurück in den Beifahrersitz.

Erst als Andy abrupt hielt, schaute er wieder aus dem Fenster. Sie standen vor einer roten Ampel. Das Wachholderhäuschen war in Sichtweite. Erinnerungen erwachten in Gerd

Neubert, der früher dort oft zu Gast war. Die Speisekarte war Eins A. Echt westfälische Spezialitäten. Himmel und Erde, Stielmus, Dicke Bohnen mit Speck – wo bekam man das heute noch? Sein Lieblingsessen war immer Potthucke. Die gab's gar nicht mehr. Und nach jedem Essen einen Hasper Maggi. Oder zwei.

„Wusstest du eigentlich, dass Heinrich Heine mal im Wacholderhäuschen war?", fragte er seinen Kollegen, der gerade mit viel Schwung eine Kurve schnitt. „Habe ich gelesen. In seinen Reisenotizen."

„Du hast Dinger drauf, Gerd", entgegnete Andy kurz angebunden. Er wartete auf eine Lücke im Gegenverkehr, der wie immer um diese Zeit Stoßstange an Stoßstange auf Hagen-City zurollte.

„Hätt'ste doch lieber die grüne, äh, blaue Minna nehmen sollen", kommentierte Gerd Andys Gesichtsausdruck, der sich von einem gelassenen Lächeln in ein wutrotes Muffelface verwandelte.

Doch Andy ließ sich nicht provozieren, wie Gerd mit leichtem Bewundern feststellte. Er schob seinen Dienstwagen treffsicher zwischen einem Renault 16 und einem Opel Astra durch.

Gerd schwieg, während Andy an der Hasper Postfiliale vorbei zum Heubing steuerte. Er bog nach rechts in den Kurt-Schumacher-Ring ein und fuhr Richtung Nord-West.

„Andy, träumst du", sprach Gerd seinen neuen Chef und Ex-Mitarbeiter nun doch an. Umweg gut und schön, aber was das werden sollte?

Andy lachte. „Sorry, diese Lieblingsstrecke kennst du noch nicht. Habe ich erst kürzlich entdeckt. Als eine der blöden Baustellen mich ausgeknockt hat. Wenn ich nach Haspe muss, fahre ich jetzt immer über die Berliner Straße. Da kommt man gut durch. Außerdem war das früher mein Schulweg. Mein erstes Revier sozusagen."

Gerd nickte. Ja, wenn man auf die 50 zuging, erinnerte man sich gern wieder an alte Zeiten. Wenn er es schaffte, den Lkw-Fahrer in Gedanken zu überwinden, dachte er auch gern daran, als er noch Streife gelaufen war. Ob Renate noch im Alt Nürnberg jobbte? Vielleicht sollte er dort vorbeischauen, wenn das hier beendet war. Er mochte die blonde Renate sehr. Sie war immer witzig und freute sich, wenn sie ihn sah. Manchmal hatten sie sogar eine schnelle Partie Billard im Hinterzimmer gespielt.

Gerd schüttelte die Erinnerungen ab und prüfte, welchen Weg Andy nun wählte. Er fuhr die Karlstraße Richtung Haspe, bog in die Einfahrt vor dem portugiesischen Spezialitäten-Großhandel ab und ließ den Wagen vor dem linken Seitentrakt des Gebäudekomplexes ausrollen.

„Da sind wir!“, erklärte Andy und öffnete die Fahrertür.

Beeindruckt sah Gerd das Haus an. „Hier wohnte unsere Lea-Leonore?“, vergewisserte er sich, während er seinen Tabak hervorkramte und sich eine Zigarette drehte.

„Hier besaß sie einen Loft!“ Andy nickte. Er stellte sich neben Gerd und starrte ebenfalls in die Höhe.

„Besaß? Heißt das, er gehörte ihr?“ Vielleicht hatte Gerd sich verhört.

„Exakto! Die Adresse hat uns Wilma Hansen genannt. Allerdings ist sie davon ausgegangen, dass der Loft einem Freund der Toten gehört und sie ihn nur für ihre Zeit hier in Hagen nutzte“, antwortete Andy.

Gerd sah, wie er sein Mobiltelefon aus der Hosentasche fingerte und dabei leise nörgelte: „Wo bleibt denn dieser Frickenstein?“

Ehe Andy die Tasten drücken konnte, bog der silbergraue Volvo des ehemaligen Oberstaatsanwaltes um die Ecke.

„Wenn ihr der Loft da gehörte, muss sie ordentlich Kohle verdient haben. Was hat sie eigentlich in London gemacht?“ Gerd ärgerte sich, dass er das Dossier über die Tote nicht ordentlich gelesen hatte. Früher wäre ihm das nicht passiert. Jetzt war es noch ungewohnt, auf einmal wieder auf der Seite der „Guten“ zu stehen, nachdem einige Ex-Kollegen ihm fünf Jahre das Leben schwer gemacht hatten.

Gerd zog an seiner selbst Gedrehten und musterte den früheren Oberstaatsanwalt von der Seite, als der sich erst seines Mantels entledigte und diesen ordentlich zusammengefaltet auf den Rücksitz seines Wagens bugsierte, bevor er sich den beiden Polizisten zuwandte. Er zeigte keinerlei Anzeichen von Nervosität oder Unsicherheit.

Andy Klausner forderte die beiden Männer mit Blicken auf, sich in Bewegung zu setzen. Keiner tat einen Schritt. Andy schob den Oberstaatsanwalt auf die Haustür zu.

„Können wir?“, sagte er zu Gerd, der daraufhin hastig seine Kippe austrat und hinter den beiden herlief.

Im Aufzug sprach keiner ein Wort. Alle drei Männer starrten auf den glänzenden Marmorboden, der deutlicher als die Außenfassade zeigte, dass hier nur wohnte, wer Geld hatte.

„Woher hatte meine Tochter das Geld für die Miete?“, murmelte von Frickenstein.

Andy und Gerd sahen sich an. Das klang nicht danach, als hätte der Oberstaatsanwalt a. D. seiner Tochter die Wohnung gekauft.

Das Polizeisiegel an der Eingangstür des Lofts war unversehrt.

Andy Klausner kramte in einer der vielen Taschen seiner Schimanski-Jacke nach den Schlüsseln, die sie bei der Toten gefunden hatten. Er suchte sich einen schmalen Schlüssel aus, durchtrennte damit das Polizeisiegel und schloss die Tür auf.

Gerd drängte als erster in den Loft, gefolgt von Andy Klausner und Ansgar von Frickenstein. Die Einrichtung war geschmackvoll, aber eher spärlich. Alles wirkte sauber und aufgeräumt.

Während von Frickenstein gedankenverloren in der Mitte des circa 150 Quadratmeter großen Raumes stehen blieb und

Andy sich genervt seinem klingelnden Handy widmete, steuerte Gerd auf ein Bücherregal zu.

„Herr von Frickenstein, was hat Ihre Tochter eigentlich beruflich gemacht?", fragte er, während er ein paar Kunst-Bildbände und historische Bücher betrachtete.

„Das Zeugenschutzprogramm hat ihr ein Startgeld beschert, ihre Legende und ein Stipendium. Sie hat die Kurve gekriegt, Kunstgeschichte studiert und war, soviel ich weiß, im British Museum in London beschäftigt", antwortete der Oberstaatsanwalt und ließ sich auf das weiße Ledersofa fallen.

„Hatte sie ein Thema, mit dem sie sich besonders intensiv beschäftigt hat?", hakte Gerd nach, während er an den Regalen mit den Kunstbänden entlangging. „Hier sind viele Bücher über entartete Kunst. War das ihr Schwerpunkt?"

Er sah sich um und ihm schien es, als wollte der Oberstaatsanwalt vermeiden, dass sich ihre Blicke begegneten. Ob von Frickenstein sich auch an das Gerücht erinnerte, das vor Jahrzehnten über ihn in Umlauf war?

„Es gibt Neuigkeiten", unterbrach Andy das Gespräch der beiden. „Wanderer haben die Polizei informiert, nachdem sie im Sterbecker Tal, mitten in der Botanik, einen VW-Golf mit offener Fahrertür entdeckt haben. Eine Überprüfung hat ergeben, dass es sich um einen Mietwagen handelt, der derzeit an Lea Weinheim vermietet ist. Die Spurensicherung ist bereits vor Ort. Ich denke, wir können das hier abbrechen und uns anschauen, was die Jungs in der Sterbecke gefunden haben."

Der Soko-Leiter trieb Gerd Neubert und Ansgar von Frickenstein zur Eile. „Hier gibt es doch sowieso nichts zu sehen", tröstete er sie.

Das sah Gerd anders, diese Bücher über entartete Kunst und die Nazizeit ließen ihm keine Ruhe. Er musste wissen, welchen Bezug die Tochter des Oberstaatsanwalts a. D. zu dieser Zeit und diesem Thema hatte. Er nahm sich vor, allein hierher zu kommen und in Ruhe die Bücher durchzusehen. Nicht, dass er der Spurensicherung nicht traute. Die Jungs machten ihre Arbeit gut. Aber das war in seiner aktiven Zeit immer das Geheimnis seines Erfolgs gewesen: über die Opfer zum Täter.

Er sah Andy Klausner nach. Ein guter Junge, aber diese Jungspunte hatten einfach nicht die Ausdauer für Kleinarbeit.

Gerd schloss die Wohnung ab und steckte den Schlüssel ein. Er hörte, wie Andy dem Oberstaatsanwalt nahe legte: „Am besten, Sie fahren nach Hause."

Am Blick von Frickensteins sah Gerd, dass Andys Versuch vergebens war. Da polterte von Frickenstein auch schon los. „Ich bin immer noch Oberstaatsanwalt. Mich können Sie nicht von den Ermittlungen ausschließen. Schon gar nicht, wenn es um meine Tochter geht."

Gerd wollte schon den Mund öffnen und sagen: „Oberstaatsanwalt außer Dienst", da stieß Andy ihn an und schüttelte unmerklich den Kopf. Gerd seufzte. Da konnte man dann wohl nichts machen.

„Dann fahren Sie hinter uns her", forderte Andy von Frickenstein auf, als sie vor dem Haus auf ihre Fahrzeuge zugingen.

Mit grimmigem Gesicht stieg er ins Auto. Trotzdem warb er bei Gerd um Verständnis für von Frickenstein. „Vergiss nicht, er ist der Vater der Toten", sagte er, als sie ins Sterbecker Tal fuhren und der silberne Volvo ihnen fast an der Stoßstange klebte.

Im Sterbecker Tal

5. Januar 2003:
Eine Ruine lebt auf

Von verschiedener Seite wurde uns berichtet, dass in der alten Munitionsfabrik der Dynamit-Nobel AG im Sterbecker Tal wieder Leben einkehrt. Vor allem Tüftler und Autobastler haben dort eine Heimat für ihre Leidenschaft gefunden. Dennoch, darauf möchten wir ausdrücklich hinweisen, ist das Gelände im Privatbesitz. Wir bitten, keine nicht autorisierten Fotos auf unsere Seiten hochzuladen.

„Als Junge habe ich hier Räuber und Gendarm gespielt", sagte Gerd, als Andy langsam die kleine Straße zu den Ruinen der alten Munitionsfabrik hinunterfuhr. „Wusstest du, dass hier im Ersten Weltkrieg und auch danach noch Munition hergestellt wurde?"

Andy nickte, während er darauf achtete, auf der schmalen Zufahrt nicht von der Straße abzukommen.

„1920 flog aber ein großer Teil in die Luft. Angeblich soll die Produktion schon 1932 aufgelassen worden sein", fuhr Gerd mit seinen Erinnerungen fort.

„Du hast Sachen drauf", antwortete Andy nur, als er endlich das Fahrzeug hinter den Polizeiwagen abgestellt hatte. „Hey, Kollegen", begrüßte er die Uniformierten, die sich am Rand des Geländes versammelt hatten.

Gerd strich einem der Hunde, die an seinem Hosenbein schnupperten, über den Kopf. „Mich müsst ihr nicht aufspüren." Ihm war plötzlich nach Scherzen zumute, als er die eingefallenen Häuser sah und daran dachte, wie sie als Kinder hier herumgetollt waren. Seine Frau, die er damals unerträglich albern fand, und die anderen Kinder aus seiner Straße.

„Es geht los!“, riss Andy Klausner Gerd aus seinen Gedanken, nachdem auch der pensionierte Oberstaatsanwalt zu ihnen getreten war. „Wir lassen jetzt die Spürhunde laufen.“ Schon sausten die Schäferhunde los. Ihre Hundeführer hatten sie darauf vorbereitet, die Witterung von Lea Weinheim aufzunehmen.

Plötzlich erklang das laute Bellen eines Spürhundes. „Hierher“, ertönte Sekunden später die Stimme der Hundeführerin.

Gerd und Andy eilten in die Richtung, aus der die Stimme kam. Hinter sich hörten sie von Frickenstein schnaufen.

Der Spürhund stand vor einer blauen Strickjacke. Andy zog Einweghandschuhe über, wie er sie immer bei sich trug. Er hob die Jacke auf und betrachtete sie genauer. „Das Etikett eines britischen Herstellers“, stellte er fest.

„Wahrscheinlich gehörte sie Lea Weinheim“, vermutete Klausner mit einem vorsichtigen Blick auf Ansgar von Frickenstein, der sich schnaufend an Gerd klammerte. Doch der pensionierte Oberstaatsanwalt starrte die Jacke genauso unverwandt an wie sie alle. DNA-Spuren mussten zeigen, ob ihr Verdacht richtig war.

„Vielleicht kann uns diese Wilma Hansen schneller bestätigen, ob das die Jacke der Toten ist.“ Gerd erntete mit seinem Vorschlag nicht nur einen dankbaren Blick von Andy Klausner, sondern zu seiner Verwunderung auch von Ansgar von Frickenstein. Es sah ganz danach aus, als hätte dieser wirklich nichts vom Aufenthalt seiner Tochter in Hagen gewusst.

In unmittelbarer Nähe der Jacke befand sich ein abbruchreifes Haus. Kein Dach mehr, keine Fensterscheiben, keine Haustür, viele lose Bretter ringsherum. Seltsamerweise war ein Hausnummernschild angebracht, das ziemlich neu aussah. Trotz des Verfalls wirkte das Haus romantisch. Genau wie jenes, das sich direkt am Anfang der Zufahrtstraße befand.

„Wir sind hier früher oft spazieren gegangen", erzählte Gerd Neubert mit Wehmut in der Stimme, um die Stille zu unterbrechen.

Seit dem ersten Fund war einige Zeit vergangen. Die Spürhunde waren wieder unterwegs, ein Kollege hatte sich mit Blaulicht und Signal und der Strickjacke auf den Weg zu Wilma Hansen gemacht.

Alle warteten. Darauf, dass der Kollege ihnen etwas über die Jacke durchgab. Darauf, dass irgendetwas geschah oder Andy den Befehl zum Abbruch der Suche gab.

„Kommt, lasst uns aufhören", warf Andy in die Runde. Von Frickenstein zuckte zusammen. Die Kollegen sahen den Soko-Leiter ratlos an.

Doch Gerd beharrte darauf, dass die Hunde weitersuchten. Um die Zeit zu überbrücken, wies er auf das Haus. „Meine Frau", er schluckte, „hat sich oft vorgestellt, dieses Häuschen wieder herzurichten und im Sommer dort die Ferien zu verbringen."

Andy Klausner und Ansgar von Frickenstein betrachteten das kleine Haus. Die rote Tür war nicht so alt wie der Rest des Gebäudes. Ein halb vermodertes Haus mit zerschlagenen Fensterscheiben und neuer roter Tür mit Vorhängeschloss.

„Seltsame Gegend", bemerkte Andy. „Kein Mensch weit und breit. Hier hört niemand etwas."

Ansgar von Frickenstein atmete tief durch und sah Andy und Gerd an. „Sie glauben, wir befinden uns hier am Tatort?"

„Bis zur Volme in Rummenohl sind es keine zwei Kilometer", grübelte Andy.

Gerd schlug sich mit der flachen Hand auf die Stirn. „Mensch Andy, in Rummenohl, im Hotel Dresel, haben wir doch seinerzeit nach dem Anruf von Leonore von Frickenstein die damaligen Täter festnehmen können. Und sind wir nicht damals davon ausgegangen, dass die Leichen irgendwo im Bereich Volmewehr Dahl/Rummenohl entsorgt wurden?"

Als wäre es gestern, erinnerte sich Gerd Neubert wieder an den Anruf von Leonore von Frickenstein, den er selbst entgegengenommen hatte. Sie hatte sich dort mit ihren Freundinnen getroffen und mit viel Freude über die beiden älteren Damen am Nebentisch gelästert, wie junge Mädchen das eben so taten. Die anderen Mädchen waren bereits verschwunden, sie war noch kurz zur Toilette gegangen, ehe sie zu ihrem Vater, der vor dem Hotel auf sie wartete, ins Auto steigen wollte.

Als sie von den Toiletten kam, bemerkte sie, wie zwei Männer, die sich angeregt unterhielten, die Gaststube betraten. Sie nahmen hinter dem Rundbogen am Tisch neben den beiden älteren Frauen Platz und verwickelten sie sogleich in ein Gespräch. Leonore hatte sich nichts dabei gedacht, bis am nächsten Tag die Leichen jener beiden Frauen in der Volme gefunden wurden.

Das laute Bellen der Hunde riss Gerd aus seinen Gedanken. Als hätte das Bellen einen Mechanismus in den Männern und Frauen, die mit ihm zusammen warteten, ausgelöst, rannten alle los. Nur Gerd folgte langsam. Er versuchte, seine Gedanken zu sortieren, doch der Erinnerungsfaden war unterbrochen. Im Präsidium musste er sich die Aussage der jungen von Frickenstein noch einmal durchlesen. Er sah sich um und bemerkte, dass er allein war. In Gedanken versunken beschleunigte er seine Schritte, um zu den Kollegen aufzuschließen. Was hatten die Hunde nun noch gefunden?

Kunst aus der Vergangenheit

4. Dezember 1998:
Deutschland unterzeichnet Erklärung zur Beutekunst
43 Jahre nach Ende der Naziherrschaft gibt es eine Vereinbarung zum Umgang mit den Kunstwerken, die die Nationalsozialisten aus Museen, Schlössern und nicht zuletzt vielen Sammlungen jüdischer Privatleute geraubt haben. Die Zahl dieser Werke ist kaum zu beziffern, von Millionen ist die Rede und das sind nur die, von denen man weiß. Über die Dunkelziffer der Kunst, die noch unentdeckt irgendwo lagert, gibt es keine Zahlen.

Überrascht sah Gerd, dass an der Wand des alten Hauses, vor dem sich die Kollegen samt Ansgar von Frickenstein versammelt hatten, ein rechteckiges Paket aus seltsamem Wachspapier stand. Ein Polizist öffnete es vorsichtig. Unter dem Papier kam ein Bild mit einer vermenschlichten Katze zum Vorschein.

„Sagt mir nichts", entfuhr es Gerd und lachte sofort darauf. Als wäre er der große Kunstexperte.

„Louis Wain!", las der Polizist die kleine Signatur, die Gerd von weitem nur als Strich wahrnehmen konnte.

„Nie gehört!", warf nun auch von Frickenstein in die Runde. Gerd sah erleichtert, dass er sich wegdrehen und verschwinden wollte.

Der Aufschrei eines weiteren Polizisten weckte Gerds Aufmerksamkeit – und die des Oberstaatsanwalts außer Dienst, wie er enttäuscht feststellte. Er hatte das Wachspapier vom nächsten Bild gewickelt und hielt das Kunstwerk in die Höhe.

Gerd Neubert hielt wie alle anderen auch den Atem an. Diese Farbintensität, die ihnen förmlich entgegensprang. Auf den ersten Blick sah er nur die blaue Katze, die sich säuberte.

Dann entdeckte er im Hintergrund die gelbe Katze, die ihn lauernd anstarrte.

„Das ist doch ein Marc", hörte er die leise Stimme von Frickensteins.

Der Kollege, der das Paket geöffnet hatte, nickte. „Hier steht es, links unten. Marc."

Wenn das Bild echt war? Gerd hatte noch nie ein Bild von Franz Marc, dem berühmten Mitglied der Gruppe „Der blaue Reiter", so nah gesehen. Er bemerkte, dass sich der Polizist, der es in den Händen hielt, zunehmend unwohl fühlte, als alle ihn und das Bild anstarrten.

„Und warum haben die Hunde gebellt?" Gerd musste lachen. Das war Andy. Während sie noch ehrfürchtig das Bild betrachteten, stellte er die naheliegende Frage. Warum hatten die Hunde hier bei dem Bild die Spur der verstorbenen Leonore von Frickenstein aufgenommen?

Wenn er an die Bücher in ihren Regalen dachte, wunderte ihn diese Beziehung nicht. Aber hier in der Sterbecke? Was tat dieses Bild hier?

Einer der Hundeführer hielt ein Taschentuch hoch. „Das scheint der Toten zu gehören. Die Hunde haben sich förmlich darauf gestürzt."

Ansgar von Frickenstein trat näher an den Mann heran. Gerd sah, wie Tränen in seine Augen stiegen, und war nun ganz sicher, dass der alte Mann nichts mit dem Tod seiner Tochter zu tun hatte. Er konnte kaum verstehen, dass er sagte: „Das hat sie von mir zur Einschulung bekommen."

Andy ließ sich die Tüte mit dem Taschentuch reichen. Es trug die Initialen LvF und eine gestickte blaue Blume.

„So eins hatte meine Frau auch noch." Die Erinnerung schnürte Gerd die Kehle zu. Er musste sich abwenden. Seine Frau und Lea von Frickenstein waren nur wenige Jahre auseinander. Beide hatten das Hildegardis-Gymasium besucht, damals noch eine reine Mädchenschule.

Gerd war froh, dass er die Ermittlungen nicht leiten musste und sich zurücknehmen durfte, wann immer es nötig war. Wie jetzt, als er zuhören konnte, wie Andy den pensionierten Oberstaatsanwalt fragte: „Können Sie sich einen Reim darauf machen?"

„Was weiß denn ich, meine Tochter war Kunsthistorikerin, sie hat sich mit Provenienzforschung beschäftigt und keinen Kunsthandel betrieben. Schon gar nicht in den Hagener Karpaten", schnauzte der Oberstaatsanwalt und warf dem Kommissar einen missmutigen Blick zu.

Wie schnell er sich wieder gefangen hat, dachte Gerd. Da merkte man die alte Schule. Bestimmt war er in einer Burschenschaft gewesen oder Offizier in der Bundeswehr.

„Sie war wo tätig?", mischte er sich nun doch ein.

„Meine Güte, Neubert, ein bisschen Bildung könnte nicht schaden", ranzte der Oberstaatsanwalt Gerd an und warf ihm einen Blick zu, der deutlich machte, was er von ihm hielt. „Meine Tochter hat die Geschichte, Herkunft und Besitzverhältnisse von Kunstwerken erforscht. Wissen Sie eigentlich, wie viele Kunstwerke sich noch in den Kellern von Museen befinden, deren Herkunft und Eigentumsverhältnisse ungeklärt sind? Es gibt sogar extra eine Vereinbarung von 44 Staaten, in der sie sich verpflichten, Raubkunst ausfindig zu machen und den rechtmäßigen Eigentümer oder deren Erben zu finden."

Gerd nickte. Das passte zu allem, was er bisher über Leonore von Frickenstein mitbekommen hatte. „Die Washingtoner Erklärung, ich weiß. Bei allen Kunstwerken, die nach 1933 angekauft oder übernommen wurden, kann es sich theoretisch um Raubkunst handeln. Eine wahre Mammut-Aufgabe, die die Museen zu bewältigen haben", unterbrach er den Redeschwall des alten Mannes. „Man schätzt, dass bis zu 10.000 Kunstwerke noch nicht zurückgegeben und identifiziert sind. Viele davon in Privatbesitz", fügte er mit einem Grinsen hinzu.

Seine Worte verfehlten ihre Wirkung nicht. Von Frickenstein stellte sich augenblicklich kerzengerade hin.

Gerd Neubert freute sich über den verblüfften Gesichtsausdruck. „Soll ich Ihnen auch noch die 44 Mitgliedsstaaten aufsagen und die 12 nicht staatlichen Organisationen, die an der Washingtoner Konferenz teilnahmen, und, oh, den Vatikan nicht zu vergessen?", provozierte er weiter.

Nun starrte auch Andy Klausner ihn überrascht an. Er zog Gerd zur Seite, bis sie außer Hörweite waren, ehe er leise meinte: „Du hast dem Alten ja schön eins gegeben. Seit wann sind wir denn so allwissend?"

„Ich bin nicht allwissend, aber ich bin auch nicht ungebildet", entgegnete Gerd. „Dieses Arschloch provoziert mich doch am laufenden Band. Ok, ich glaube nicht mehr, dass er seine Tochter auf dem Gewissen hat. Aber irgendetwas stimmt mit ihm und seiner Familie nicht. Das habe ich vor 25 Jahren gerochen und das rieche ich heute wieder. Und das kann der ruhig hören!", schimpfte er weiter, als er sah, wie Andy sich umdrehte, um zu prüfen, ob sie wirklich außer Hörweite waren.

„Nicht zufällig habe ich über dieses Thema haufenweise Bücher gelesen", fuhr Gerd Neubert fort. „Damals stand der Verdacht im Raum, dass eine Kunstschieber-Bande mit dem Mord an den beiden Frauen in Verbindung stand. Als Leonore von Frickenstein dann die beiden Männer identifizierte und sich herausstellte, dass sie den Abend mit diesen beiden Frauen verbracht hatten, haben wir den Verdacht fallen gelassen. Aber jetzt!"

Andy nickte. „Jetzt sieht das ganz anders aus. Wer weiß, wie lange die Bilder hier schon liegen. Hier war doch höchstens mal ein Spaziergänger wie du und hat sich die alten Hütten angeschaut. Ein besseres Zwischenlager gibt es kaum." Er legte Gerd den Arm um die Schulter und schob ihn zurück zu von Frickenstein und den anderen. „Könntest du echt die 44 Staaten aufsagen?", fragte er leise, ehe sie sich wieder in den Kreis einreihten, der sich noch immer um das Haus scharte. Inzwischen hatten Beamte weitere in Wachstuch verkleidete Kunstwerke aus dem Haus geholt.

Gerd knuffte Andy in die Seite. „Ein bisschen Klappern gehört zum Handwerk“, murmelte er mit einem amüsierten Grinsen.

Als er die Bilderpäckchen erblickte, überschlug er in Gedanken den Wert, der hier aufgebaut war. Wenn er für jedes Bild nur eine Millionen Euro rechnete, kam mehr zusammen, als er und seine Straßenfreunde jemals versaufen konnten.

„Glauben Sie wirklich, dass das hier Nazi-Kunst ist?“ Andy sah den Oberstaatsanwalt fragend an.

„Dazu müsste ich mir die Bilder genauer ansehen. Ich weiß nur, dass meine Tochter in London daran gearbeitet hat, Nazi-Beutekunst zu sammeln und zu sichten“, antwortete von Frickenstein, der sich in der Zwischenzeit wieder beruhigt und, wie Gerd fand, zu seiner alten Form zurückgefunden hatte.

„Das heißt, Sie glauben, dass Ihre Tochter illegale Kunstwerke nach Hagen geschafft hat?“ Gerd hätte viel von dem Oberstaatsanwalt erwartet, aber das denn doch nicht. Von Frickenstein warf Gerd einen verächtlichen Blick zu. „Neubert, erledigen Sie Ihre Arbeit, dafür werden Sie schließlich bezahlt. Wir sehen uns morgen im Präsidium. Ich erwarte Besuch aus London und muss jetzt zum Flughafen nach Düsseldorf.“

Mit langen Schritten stakste von Frickenstein über den unbefestigten Weg zu seinem Auto.

„Halt!“, rief Andy und lief ihm nach.

Gerd war neugierig, was sein Kollege noch von diesem Fatzke wollte. Es gab doch sicher andere Experten, da brauchten sie diesen blasierten Typen nicht.

„Was ist eigentlich mit Ihrer Frau?“, wollte Andy wissen. „Haben Sie sie bereits darüber informiert, dass Ihre Tochter tot ist?“

Daran hatte Gerd nicht gedacht. Sie hatten fast den ganzen Tag mit dem Vater der Toten verbracht. Vielleicht wusste die Mutter, warum ihre Tochter den Auflagen des Zeugenschutzprogramms zum Trotz nach Hagen gekommen war, hier eine Wohnung besaß und warum sie im Sterbecker Tal NS-Beutekunst sammelte. Sie mussten sie unbedingt sprechen.

„Sie hat sich wieder in die Klinik einliefern lassen", zerstörte von Frickenstein harsch Gerds Hoffnung auf eine schnelle Lösung. Das kannte er bereits aus seinen früheren Ermittlungen. Wenn es schwierig wurde, nahm Madame ihre Depression und verschwand hinter den Klinikmauern. Eine unsympathische Person, die, wie sein Vater immer gesagt hatte, im wahrsten Sinne des Wortes ihren Geburtsschein verloren hatte. Der Titel und die alt eingesessene Hagener Familie waren nur angeheiratet. Soweit er sich erinnerte, stammte Nora von Frickenstein aus einer einfachen Familie in Süddeutschland. War sie nicht sogar aus Bayern?

„Kommst du nun, Gerd?" Andy stand vor ihm und klapperte mit den Autoschlüsseln. „Wir können hier nichts mehr ausrichten", erklärte er. „Die Kollegen vom Raub werden sich das genauer anschauen. Ich will noch einmal mit dieser Wilma Hansen sprechen."

„Und ich will noch einmal in den Loft der Toten", fiel Gerd ein. „Kannst du mich dort absetzen?"

Andy nickte und zwängte sich hinter den Fahrersitz. Er winkte den Beamten, die alles zusammentrugen, zu und schlängelte sich mit seinem Auto vorsichtig über die Brücke zur Sterbecker Straße hin.

Familientreffen

8. Mai 1991:
Mafia in Hagen?
Heute war der letzte Verhandlungstag zum Volme-Doppelmord. Wie berichtet, ging es um die beiden Täter, die unter Verdacht standen, dass sie Helga S. und Anette B. erstochen und in die Volme geworfen hatten. Bei der Vernehmung der Kronzeugin wurden wir wie die gesamte Öffentlichkeit aus dem Gerichtssaal verbannt. Gerüchte besagen, dass eine junge Hagenerin die entscheidende Aussage gemacht hat und anschließend direkt in ein Zeugenschutzprogramm aufgenommen wurde. Es besteht der Verdacht, dass die beiden Täter im Auftrag einer unbekannten kriminellen Vereinigung gehandelt haben. Sollte es in Hagen tatsächlich mafiose Strukturen geben, wie seit Jahren gemunkelt wird? Wir halten Sie auf dem Laufenden.

Lea war sich nicht sicher, was sie nun tun sollte. Ein Brand in einem Terminal hatte es erforderlich gemacht, dass ihre Maschine von Düsseldorf nach Köln-Bonn umgeleitet wurde. Sollte sie ein Taxi nehmen oder nach der Metro Ausschau halten? Sie lehnte sich gegen die Wand und schaltete ihr Smartphone wieder ein, um kurz mit Timothy zu telefonieren. Er erinnerte sie daran, dass ihr Großvater die Information über die Flugplanänderung sicher erhalten hatte und bestimmt schon auf dem Weg war, um sie abzuholen.

Sie beschloss, bis zur vollen Stunde zu warten und sich dann um eine Reisealternative zu kümmern, und blieb in der Ankunftshalle stehen, damit ihr Großvater sie nicht verpassen konnte, falls er wirklich kam.

„Lea?“ Ein älterer Mann sprach sie an. Als sie nickte, sagte er nur. „Du siehst genau aus wie deine Mutter.“ Nach dieser eher frostigen Begrüßung entstand eine Verlegenheitspause, der ein paar Höflichkeitsfloskeln folgten. Dann griff er nach ihrem kleinen Koffer und leitete sie aus dem Flughafen hinaus. Lea ging hinter ihm her bis zu einem silbernen Volvo, der direkt vor dem Eingang hinter dem letzten auf Kundschaft wartenden Taxi stand.

Wieder am Lenkrad seines Volvos, den Blick auf die Straße gerichtet, begann von Frickenstein zu reden, und als er eine Stunde später vor dem Mercure Hotel im Wasserlosen Tal einparkte, waren viele von Leas Fragen, auf die ihre Mutter ihr eine Antwort schuldig geblieben war, beantwortet. Sie wusste nun, wo ihre Wurzeln lagen und warum sie bisher keinen Kontakt zu ihren Großeltern haben durfte.

Während des gesamten Abendessens, das Ansgar von Frickenstein zu Leas Verwunderung allein mit ihr im Felsengarten einnahm, schwiegen sie sich an.

Das Angebot, während ihres Aufenthaltes in Hagen bei ihren Großeltern zu wohnen, hatte Lea dankend abgelehnt und auf dem bereits gebuchten Hotelzimmer bestanden.

Lea bedauerte, dass ihr Freund Timothy sie nicht begleiten konnte, musste aber, beim Blick auf den kerzengerade gegenüber sitzenden Großvater, der sich den Mund mit der Serviette betupfte, unwillkürlich grinsen. Spätestens jetzt hätte Timothy ihr vermutlich zugeflüstert: „Kann dem nicht mal jemand den Stock aus dem Hintern nehmen?“ Obwohl er selbst aus einer durch und durch englischen Familie stammte, die viel Wert auf Etikette legte.

„Vergiss nicht, dich bei der Polizei zu melden“, erklärte Ansgar von Frickenstein nach dem Essen. Für Lea hörte es sich an wie ein Befehl. Sie betrachtete ihn, als er die Rechnung beglich und ihr förmlich die Hand zum Abschied reichte. Ein merkwürdiger Mann. Er hatte nichts zum Tod ihrer Mutter gesagt und sie hatte es nicht fertig gebracht, ihn zu fragen. War er alles, was ihr von ihrer Mutter geblieben war?

Mit diesem Gedanken, der sich in ihr ausbreitete wie ein dunkler Fleck, fuhr Lea mit dem Aufzug in ihr Hotelzimmer. Sie warf sich sofort auf das Bett und fing an zu weinen.

Viele Gedanken gingen ihr durch den Kopf. Die Mutter hatte Recht, ihr Großvater war ein unnahbarer Mensch, mit dem man nicht warm werden konnte. Warum hatte ihre Großmutter ihn nicht begleitet, um sie abzuholen?

Lea vermisste ihre Mutter. Seit dem Besuch von Detective Whithead hatte sie an sie denken müssen. Mit gemischten Gefühlen. Ihr fehlte ihre Nähe, ihr fehlte aber auch jemand, der ihr die Antworten geben konnte, die nur ihre Mutter kannte.

Sie zuckte erschrocken zusammen, als das Telefon auf ihrem Nachttisch schrillte. Ein Blick auf den Wecker neben dem Bett zeigte ihr, dass sie in einen Halbschlaf gefallen war. Benommen nahm sie den Anruf entgegen.

„Rezeption. Schiller. Guten Abend, Frau Weinheim. Eine Frau Hansen möchte Sie gern sprechen. Sie wartet in der Raucherlounge auf Sie."

Lea rappelte sich aus dem Bett und fuhr mit dem Aufzug in die Lounge. Sie kannte niemanden in Hagen. Wer war diese Frau, die sie mitten in der Nacht sprechen wollte?

Der einsame Wolf

2. Mai 2013:
Ominöser Kunst-Diebstahl im KEOM
In der Nacht zum ersten Mai wurde aus dem Lager des Osthaus-Museums das Bild eines britischen Künstlers gestohlen. Es befand sich dort zur Echtheitsprüfung und ist unter ungeklärten Umständen aus dem Archiv verschwunden. Das Bild zeigt eine vermenschlichte Katze, es stammt von Louis Wain, einem britischen Künstler, der sich durch seine Katzenbilder einen Namen gemacht hat, eher er in der Psychiatrie verstarb.

Gerd hatte sich entschieden, doch mit Andy in die Stadt zurückzukehren und, während dieser beim Chef zum Rapport erscheinen musste, mit einem Zivilwagen in die Wohnung der Toten zu fahren.

Er genoss es, nach so langer Zeit wieder einmal hinter dem Lenkrad zu sitzen und die anderen Autofahrer das Fürchten zu lehren. Ach, dieses Gefühl, im entscheidenden Moment das Blaulicht auf das Dach zu stellen. Eine kleine Proberunde durch die Stadt musste erlaubt sein. Vorbei an hell erleuchteten Schaufenstern. US-Verkauf, sein Laden. Siebenhühner, der erste Foxtrott. Rück, Platz, Chachacha. Mit seiner Frau, doch daran mochte er jetzt nicht denken. Zum Glück fiel ihm bei Radio Schilling der erste Kassettenrekorder ein.

Wie gut, dass Andy ihm die CD gegeben hatte. Er bog in die Karl-Marx-Straße ein, schaute in den Volkspark Richtung Öse, holte tief Luft und sang, so laut er konnte: „I am sailing, I am sailing, to be near you, to be free!“ Ah schön, dachte er, so etwas geht eben nur im Auto. Plötzlich wusste er, dass er dieses alte Leben liebte, dass er einen Schlussstrich ziehen und sich wieder auf das Leben einlassen musste.

Ein Grummeln im Magen übertönte die Musik. Seit dem Frühstück hatte er nichts mehr gegessen. Wann war er zum letzten Mal mit dem Auto bei der Heißen Kiste vorgefahren? Rita würde schön dumm schauen, wenn sie ihn so sah.

„Einmal Hot-Dog Spezial mit viel Röstzwiebeln bitte und eine große Pommes, doppelt Mayo und Gurke und eine Dose Cola!“, bestellte Gerd, ehe ihm klar wurde, dass er gar kein Geld in der Tasche hatte.

„Äh, ach nee, doch nicht, habe mein Geld vergessen“, stammelte er. Doch Rita, die ihre schwarzen lockigen Haare mit einem glitzernden Gummi zu einem Pferdeschwanz zusammengebunden hatte, damit sie nicht ins Essen fielen, nickte nur freundlich.

„Das geht aufs Haus“, sagte sie mit einem Lächeln, das Gerd umwarf, und holte einen tiefgefrorenen Hot-Dog aus dem Kühlfach der Theke, um ihn dann routiniert in die Mikrowelle zu befördern. Mit der linken Hand ergriff sie fast gleichzeitig die Edelstahl-Reuse der Fritteuse und klopfte sie zweimal gegen den Rand. „Dauert ’n klein’n Moment, hab grade das Fett neu rein, is noch nicht richtig heiß“, nuschelte sie über ihre linke Schulter. Dann ging sie zur Hintertür. Gerd sah, wie sie kräftig an ihrer Zigarette zog und dicke Schwaden in den Nachthimmel blies.

Gerd sog tief die Luft ein und sah sich um. Zu Hause, dachte er. Wieder zu Hause, und er nahm sich vor, direkt nach seiner Rückkehr aus Haspe mit Andy zu sprechen.

Als er mit einer der kleinen bunten Plastikgabeln in eine Pommes stieß, richtete er bereits in Gedanken seine Wohnung ein. Und als er ein paar Röstzwiebelstückchen vom Hot-Dog pickte, dachte er darüber nach, ob es seinen alten Renault 16 noch irgendwo gab.

„Kannst du anschreiben, ich komm wieder“, versprach er der Bedienung, als er alles bis auf den letzten Mayonnaise-Klecks vertilgt hatte.

Zufrieden fuhr er nach Haspe und schloss die Tür zum Apartment der Toten auf. Wer, wenn nicht er, konnte diesen Fall aufklären? Heiko wusste das schon lange, er wusste es erst jetzt wieder und er würde herauskriegen, was mit Leonore von Frickenstein geschehen war und er würde herausfinden, was er vor 25 Jahren übersehen hatte.

Systematisch nahm er ein Buch über Beutekunst und Nachkriegsforschung nach dem anderen aus dem Regal und studierte jede noch so kleine Anmerkung. In einem alten Katalog entdeckte er die Katzen von Franz Marc, die mit einem großen Ausrufezeichen versehen waren. Wenige Seiten später war ein weiteres Bild markiert, dessen Titel ihm bekannt vorkam. Er ärgerte sich, dass er keine Liste der Bilder mitgenommen hatte. Und kein Handy.

Suchend blickte er sich nach einem Telefon um und entdeckte unter dem Designer-Hörer einen Umschlag.

„Meine Familie!“, las er leise. Augenblicklich machte sich das Gefühl breit, das er immer bekommen hatte, wenn er auf eine wichtige Spur traf. Er öffnete den Umschlag. Einige Fotos fielen heraus und ein DIN A4-Blatt, zweimal gefaltet.

Mit zitternden Händen klappte er das Blatt auseinander. Überrascht starrte er den Stammbaum an. Maschinengeschrieben mit Notizen von derselben Hand wie in den Kunstbüchern. War das die Lösung des Rätsels?

Ein Geräusch an der Wohnungstür schreckte ihn auf. Wer außer der Polizei besaß einen Schlüssel zu dem Loft? Er sah sich nach einem Versteck um und blieb wie angewurzelt stehen, als er die Stimmen erkannte, die plötzlich durch die Wohnung hallten.

Ein furchtbares Geheimnis

1. Juni 1995:
Silberjubiläum in der Staatsanwaltschaft
Die Hagener Staatsanwaltschaft lässt es sich nicht nehmen, einen der Ihren zu feiern. Vor 25 Jahren begann Oberstaatsanwalt Ansgar von Frickenstein seinen Dienst bei der Hagener Justiz. Wenig später heiratete er Nora Pfahlhuber, die es für ihre Ausbildung bei Brandt aus Berchtesgaden hierher verschlagen hat. Einen Schicksalsschlag erlitt das Paar vor sieben Jahren, als ihre einzige Tochter Leonore Opfer eines Autounfalls wurde. Wir wünschen Fricke, wie er von Polizei und Justiz gern genannt wird, noch viele gute Ermittlungen in den nächsten 25 Jahren.

Lea betrat den Rauchersalon. Sie versuchte ein letztes Mal, sich den Schlaf aus den Augen zu reiben, wie ihre Mutter auf Deutsch zu sagen pflegte, als sie noch ein kleines Mädchen war. In der Ecke, auf die die Frau an der Rezeption gezeigt hatte, saß eine gut gekleidete Frau im mittleren Alter allein vor dem prasselnden Kaminfeuer.

„Wilma Hansen", stellte sie sich vor, als Lea sich ihr vorsichtig näherte. Sie bat Lea, in dem Sessel neben ihr Platz zu nehmen. „Ich bin eine alte Freundin Ihrer Mutter", begann sie und Lea wurde schwindelig bei dieser Nachricht. Niemals hatte ihre Mutter etwas aus der Zeit in Deutschland erzählt.

„Woher kennen Sie meine Mutter?", fragte sie. „Und warum hat sie mir nie von Ihnen erzählt?"

Doch Wilma Hansen ging nicht darauf ein. Fast kam es Lea vor, als wollte sie etwas loswerden, das ihr unter den Nägeln brannte.

„Wir haben uns vor einer Woche getroffen und sie gab mir dies zur Aufbewahrung für Sie." Wilma Hansen übergab Lea einen großen Umschlag, auf dem helle Flecken zu sehen waren, die wie Regentropfen wirkten. „Ich hole uns etwas zu trinken", sagte sie dann und verschwand, während Lea verwundert den Umschlag betrachtete. Mit zitternden Händen öffnete sie den Brief. Sofort erkannte sie die Handschrift ihrer Mutter.

Sie begann zu lesen, was ihre Mutter geschrieben hatte. Sie musste in Eile gewesen sein. Die Handschrift war unordentlich und wirkte hektisch. Das war nicht die Art ihrer Mutter, die immer großen Wert auf eine gepflegte Handschrift legte. Lea bemerkte nicht, dass Wilma Hansen die Glastür zur Lounge öffnete und mit zwei Longdrinks in der Hand zurückkam.

Wortlos griff Lea nach dem Glas, das Wilma Hansen ihr hinhielt, und nahm schweigend einen kräftigen Schluck. Sie musste erst verarbeiten, was sie gerade gelesen hatte. Nie hatte ihre Mutter die Frage nach ihrem Vater beantwortet. Nun wusste sie es. Bernhard von Frickenstein, der Onkel ihrer Mutter. Mit tränenerfüllten Augen las Lea weiter.

Die Erkenntnis, durch eine Vergewaltigung das Licht der Welt erblickt zu haben, traf sie wie ein Hammerschlag. Bisher hatte sie immer geglaubt, aus einer kurzen, heißen Affäre zu stammen.

Lea schüttelte die Hand, die sich auf ihre Schulter legte, ab. „Bitte lassen Sie mich allein, ich muss das erst verarbeiten", erklärte sie Wilma Hansen und las den Brief noch einmal von vorn. Wilma Hansen verabschiedete sich mit einem stummen Nicken und tauschte das leere Longdrink-Glas in Leas Hand gegen ihre Visitenkarte aus, ehe sie das Hotel verließ.

Wie in Trance stand Lea wenig später auf. Sie fuhr mit dem Aufzug in ihr Zimmer und starrte aus dem Fenster hinaus in die Dunkelheit. Da unten irgendwo musste sie sein, diese Volme, in der man die Leiche ihrer Mutter gefunden hatte. Gegen die Themse war sie ein Rinnsal, wie Lea ein paar Stunden zuvor auf der Fahrt zum Hotel bemerkt hatte. Und doch genauso tödlich.

Leas Trauer wurde nun von Hass und Schmerz überdeckt. Warum hatte ihre Mutter dieses schreckliche Geheimnis nicht mit ins Grab genommen? Warum hatte sie es Lea gerade jetzt wissen lassen? Wusste ihre Mutter, dass ihr Leben in Gefahr war? Die Fragen überschlugen sich in ihrem Kopf.

Lea warf sich aufs Bett und verkroch sich unter der Decke, um sich vor den Fragen zu schützen. Von Müdigkeit übermannt, fiel sie in einen tiefen traumlosen Schlaf.

Freunde fürs Leben

17. Oktober 2007:
Antiquitätenhändler hinter Gitter

In einer konzertierten Aktion mehrerer Polizeidienststellen im Ruhrgebiet ist es gelungen, dem Antiquitätendieb Dirk Rautenberg das Handwerk zu legen. Heute verurteilte ihn das Bochumer Landgericht zu acht Jahren Haft. „Dann habe ich endlich Zeit, die ganze Fachliteratur zu lesen“, ließ Rautenberg verlauten, ehe er vom Gericht direkt in die JVA gebracht wurde.

„Da bist du ja endlich“, empfing Andy Klausner Gerd Neubert im Präsidium, als er am späten Vormittag eintrudelte. „Hopp, hopp! Wir haben kurzfristig einen Termin bei deinem Spezi, Dirk Rautenberg.“ Andy zerrte den Autoschlüssel aus seiner Hosentasche.

Gerd hätte sich gerne wieder hinters Lenkrad gesetzt, doch Andy bestand darauf, selbst zu fahren. Was Gerd wenig später bitter bereute. Solange sie noch auf dem Zubringer waren, konnte er Andy immerhin die Information entlocken, dass Wilma Hansen die blaue Jacke identifiziert hatte und diese tatsächlich der Verstorbenen gehörte. Er kam jedoch nicht mehr dazu, den Soko-Leiter darüber zu informieren, was er in dem Loft entdeckt hatte.

Kaum waren sie auf der Autobahn, fuhr Andy, als wollte er einen Rekord brechen, und raste unter Außerachtlassung sämtlicher Verkehrsregeln über die A 45.

Knapp 40 Minuten und Millionen Angstschweißperlen auf Gerds Gesicht später saßen die beiden im Besprechungsraum der JVA Bochum. Ihnen gegenüber Dirk Rautenberg, der Experte auf dem Gebiet der Antiquitäten unter den Gangstern. Was er nicht kannte und wusste, das wusste keiner.

Gerd wurde langsam unruhig. Rautenberg hatte sie nur kurz begrüßt und sich dann gleich das Foto des am Tatort gefundenen Brieföffners zeigen lassen. Das war vor fünf Minuten. Seitdem starrte er das Foto an, drehte und wendete es, rieb sich die Stirn, starrte wieder. Er erinnerte Gerd an den Verkoster bei der Weinprobe, die er beim letzten Auto-Salon mitgemacht hatte. Das fehlte gerade noch, dass Rautenberg begann auf dem Foto herumzukauen. Endlich legte er es auf den Tisch.

„Brieföffner! Dreißiger Jahre. Pah, Amateure!" Er gluckste und warf sich gegen die Lehne des Knaststuhls. „Das ist ein Kaliberdolch aus dem 17. Jahrhundert. Das Ding diente zum Laden der Gewehre und gleichzeitig als Bajonett. Im Dreißigjährigen Krieg wurden solche Teile häufig benutzt."

Rautenberg schwieg und sah Andy und Gerd an, als ob er Applaus erwartete.

Doch Gerd wusste, wie er den Gangster zu nehmen hatte. Schließlich waren sie sich, während einer Abordnung zum Raubdezernat, oft genug ins Gehege gekommen und hatten mehr als eine Nacht zusammen im Vernehmungsraum verbracht.

„Wie, das ist alles?", schnauzte Gerd und hoffte inständig, dass Andy ihm nicht wieder in die Parade fuhr. „Kleiner Test, verstehst du. So weit waren wir auch schon. Wer hat so ein Ding? Wer hat so viele davon, dass er eins unserer Leonore in den Rücken stechen kann?"

Als er den Namen Leonore erwähnte, zuckte Dirk Rautenberg zusammen. „Das ist nicht euer Ernst, oder? Ihr redet nicht von der Tochter des Oberstaatsanwalts, die angeblich so supergeheim in London lebt, oder?"

Andy und Gerd starrten den Gefangenen an. „Du kennst Leonore von Frickenstein?"

Dirk Rautenberg klopfte sich auf die Schenkel vor Lachen. „Ihr habt wohl gar keine Ahnung, was? Oh, Mann!" Seine

Hand klatschte nun wieder und wieder auf den Besprechungstisch. „Haha. Glaubt ihr im Ernst, das bleibt geheim, wenn die Tochter des Oberstaatsanwalts in einer Nacht- und Nebel-Aktion mit neuem Namen nach London verfrachtet wird?"

Er gluckste und kicherte. Wie eine Horde Teenager, dachte Gerd und fuhr ihn an: „Jetzt ist aber gut. Dann spuck schon aus, was du weißt, Rautenberg."

„Und was krieg ich dafür?" Dirk Rautenberg sah Gerd aus zusammengekniffenen Augen an. Doch das Grinsen um die Mundwinkel verriet Gerd, dass sein Gegenüber genau wusste, dass er nichts zu erwarten hatte außer einer freundlichen Behandlung und ein paar Schachteln Zigaretten.

„Ich bete für dich!", sagte Gerd daher nur und gab Rautenberg mit einer auffordernden Handbewegung zu verstehen, dass er endlich mit seiner Information rüberkommen sollte.

„Also gut. Dass Leonore das Singvögelchen war, das die beiden Typen damals in den Knast gebracht hat, wusste wirklich jeder. Jeder, verstehst du!" Dirk Rautenberg beugte sich nach vorne und sah Gerd fest in die Augen.

„Den Auftraggebern der beiden war das gerade recht. Alle dachten, hier wäre was ganz Großes im Gange. Als die Kleine dann bestätigte, dass die beiden Typen sich mit Helga Steinfels und Anette Bergfeld getroffen hatten, war die Sache geritzt. Die Leitung konnte sich zurücklehnen und mit großem Schmunzeln beobachten, wie der Oberstaatsanwalt seine eigene Tochter für tot erklären musste."

Gerd sah Andy an, was er dachte. So viel zum Thema Geheimhaltung im Polizeiapparat.

„Vor ein oder zwei Jahren ist die Kleine hier wieder aufgetaucht. Geile Braut, mit blonden statt dunklen Haaren, Sonnenbrille vom Top-Designer und Kostümchen, das sie nicht von der Stange bekommen hat." Rautenberg lehnte sich wieder zurück.

Gerd sah, dass er das Spielchen genoss. Soll er doch, dachte er. Viel Spaß wird er hier nicht haben. „Und?“, warf er deshalb ein, um Rautenberg eine Freude zu machen, die auch prompt mit einem breiten Grinsen beantwortet wurde.

„Na, ich hab nicht mit ihr gesprochen“, erklärte er. „Ging ja nicht. Du hast mich ja hierher gebracht.“ Er warf Gerd mit gerunzelter Stirn einen Blick zu.

„Unter uns, hier ist es fast noch besser als draußen. Keine Bräute, die nerven, Essen wird gebracht und Infos, die kriegst du hier frei Haus geliefert.“ Er lachte laut, ehe er zu Leonore von Frickenstein zurückkam.

„Sie hat echt alle genervt mit ihrer Beutekunst. Wollte unbedingt wissen, ob an dem Gerücht, dass hier in Hagen irgendwo ein Lager sein soll, was dran ist.“ Wieder lachte er. „Als ob wir das nicht selbst schon ausgeschlachtet hätten, wenn wir das gewusst hätten.“

„Nun kommen Sie schon zum Ende“, mischte Andy sich nun doch ein. Gerd warf ihm einen zornigen Blick zu.

„Darf der hier was sagen?“, fragte Dirk Rautenberg ihn und blickte Andy von oben bis unten an.

Erleichtert sah Gerd, dass Andy ihm die Antwort überließ.

„Ist jetzt mein Chef“, nuschelte er. „Du weißt schon.“

Dirk Rautenberg nickte. „Schöne Scheiße, aber den kriegen wir auch noch“, sagte er nur und griff nach dem Foto des Dolchs auf dem Tisch, als hätten sie die ganze Zeit über nichts anderes gesprochen. „Viele gibt es davon nicht mehr, ein paar befanden sich in privaten Kunstsammlungen, als ich darauf angesprochen wurde. Das ist bestimmt schon 25 Jahre her. Ich hatte mir gerade einen Namen in der Szene gemacht, als ich den Auftrag bekam, eine der Sammlungen zu beschaffen.“

„Oho! Diese privaten Sammlungen waren nicht zufällig illegal und bestanden aus Beutekunst? Wer waren die Besitzer und wer dein Auftraggeber?“, ließ sich Andy vernehmen.

Doch so sehr er auch versuchte, sich in das Verhör einzubringen, Dirk Rautenberg behandelte ihn, als ob er Luft wäre. Er sprach nur mit Gerd und leistete sich gelegentlich sogar ein „Gerdchen“, wenn es gerade passte.

Gerd war froh, dass Andy aus den Versuchen gelernt hatte und sich zurückhielt. Dirk Rautenberg und er kannten sich fast vom ersten Tag ihrer Karriere an. Ach was. Sie waren schon zusammen durch die Kita gerobbt und hatten sich auseinanderentwickelt und wieder getroffen. An verschiedenen Seiten des Schreibtischs.

„Aber Gerdchen, wofür hält mich dein Freund denn. Ich vergesse doch niemanden, den ich nicht vergessen will.“ Er tippte sich mit dem Zeigefinger gegen die Schläfe. „Meine Buchhaltung ist hier und da kommt nichts weg. Das sag ich dir. Der Auftraggeber wollte damals anonym bleiben.“ Er schüttelte den Kopf, sodass seine Missbilligung selbst Andy nicht verborgen bleiben konnte.

Gerd lachte nur. „Das hat dir nicht gepasst, was? Aber du weißt trotzdem, wer es war, oder?“

Er konnte sehen, dass es Dirk Rautenberg unangenehm war, dass er nichts über diesen Auftraggeber herausgefunden hatte. Das war seine Spezialität, dass er die Identität von jedem ermittelte, der ihm über den Weg lief. Keiner wusste, wie er das hinbekam, aber er schaffte es.

„Der Witz ist, dass einer der Dolche damals bei den von Frickensteins in der großen Villa lagerte.“

Andy und Gerd starrten Dirk Rautenberg an. „Nee? Nich!“, entfuhr es Andy. Auch darauf gab der Gangster nichts. „Damals lebten die alten Frickensteins noch und die hatten so ein Ding von irgendeinem Ur-Ur-Großvater. Was weiß ich?“

„Du verarschst uns doch“, schnauzte Gerd den Mann an, der selbstgefällig und breitbeinig auf dem roten Plastikstuhl saß, als wäre er ein Thron.

„Wenn du mir nicht glaubst?“ Rautenberg stand auf und

hieb mit der Faust an die Tür des Vernehmungsraums. „Plauderstunde beendet“, rief er.

„Setz dich!“, herrschte Gerd seinen alten Kindergartenfreund an. „Ich bestimme, wann die Plauderstunde zu Ende ist. Also, was ist mit dem Dolch und den Frickensteins?“

Dirk Rautenberg warf sich auf den roten Plastikstuhl. Er verschränkte die Arme und sah Gerd mit festem Blick an.

„Dieser Mister Nobody hat mich beauftragt, diesen Dolch zu kaufen. Ja, zu kaufen. Fand ich auch seltsam. Aber der alte Frickenstein klebte an dem Ding wie die Fliege am Fliegenfänger. Ich bin dann raus aus der Sache, als mein Auftraggeber mich wissen ließ, ich solle schärfere Geschütze auffahren, bin schließlich ein ehrenwerter Hehler und kein Killer.“

„Schärfere Geschütze bedeutet nicht unbedingt Mord“, warf Andy ein. „Vielleicht sollten Sie auch nur ein bisschen mit den Ketten rasseln, Angst einflößen, Druck aufbauen.“

„Ja, genau“, entgegnete Rautenberg mit einem amüsierten Blick auf Andy, „oder auf ein Tässken Kaffee einladen, Stücksken Kuchen dazu und das Ganze im gediegenen Ambiente noch mal in Ruhe ausdiskutieren.“

„Ich geb’ dir gediegenes Ambiente und Stücksken Kuchen. Kannst du haben.“ Nun hatte auch Gerd die Nase voll. Er schlug mit der Handfläche heftig auf den Tisch. „Aber das Stücksken Kuchen lasse ich weg. Ich nehme nur dicke Ketten, wickel dich darin ein, fahr mit dir zur Glör und dann gucken wir mal, wie lange du in gediegenem Ambiente die Luft anhalten kannst!“

„Schön“, erwiderte Rautenberg, der sich auf seinem Stuhl zurücklehnte und mit einem Grinsen die Füße auf den Tisch legte. „Dann komme ich wenigstens mal hier raus.“

„Männer, nun bleibt mal locker“, mischte Andy Klausner sich ein. „So kommen wir nicht weiter – und mit der Glör schon gar nicht, da ist zurzeit kein Wasser drin, weil die Staumauer renoviert wird.“

„Nee, also wirklich, ihr beiden Strategen, wenn ihr mehr wissen wollt, müsst ihr schon was Besseres anbieten als eine Fahrt ins Grüne“, konterte Rautenberg und sah die beiden Kommissare fordernd an.

„Sorry, Dirk, aber du befindest dich absolut nicht in der Lage, Forderungen zu stellen“, konterte Gerd genüsslich. „Du hast dich mit deiner Aussage soeben mitten in einen Mordfall katapultiert.“ Nun war es an Gerd Neubert, Rautenberg fordernd anzuschauen. „Wer war dein Auftraggeber?“

Dirk Rautenberg war empört. „Davon weiß ich nichts. Du solltest mir wenigstens glauben, wenn es schon dein Hilfssheriff nicht tut. Mord ist nicht mein Ding. Ich bin damals raus aus der Sache, bevor es zu einem persönlichen Treffen mit meinem Auftraggeber gekommen ist. Ich bin während eines Feierabendbierchens in der Kronenburg von einem Mittelsmann angequatscht worden.“ Der Antiquitätendieb lehnte sich zurück und wackelte mit dem Stuhl. Er sah an die Decke und schwieg eine Weile, ehe er weitersprach. „So ein komischer Typ. Strenger blonder Scheitel. Stechend kalte, blaue Augen. Sehr groß. Unter dem linken Auge eine Narbe, wie ein Schnitt. Sah aus wie aus einem Film der dreißiger Jahre, auch die Klamotten, ein zweireihiger Glencheck-Anzug, schwarze Lackschuhe. Ein unheimlicher Kerl.“

„Immerhin etwas“, knurrte Andy Klausner.

„Wir gucken mal, was wir damit anfangen können. Aber wir kommen wieder.“ Gerd Neubert trat dicht an Dirk Rautenberg heran und beugte sich zu ihm hinunter. „Das verspreche ich dir.“

„Ich weiß nicht mehr, Mensch. Das Thema war für mich durch, als von Gewalt die Rede war. Und warum die schöne Leonore hier aufgetaucht ist? Keine Ahnung. Ich weiß nur, dass sie alle genervt hat mit ihren Fragen nach Kunst aus der Nazi-Zeit und dem Bruder ihres Vaters, diesem Bernhard von Frickenstein.“ Dirk Rautenberg lachte. „Auf den hatte sie wohl einen besonderen Hass, heißt es. Wenn ich das richtig verstanden habe, hat sie sogar ein Kopfgeld auf ihn ausgesetzt. Jetzt mal ehrlich. Gehört sich das für eine englische Lady?“ Er lachte laut. „Jetzt muss ich aber, sonst verpasse ich mein Essen“, sagte er und schlug dreimal gegen die Tür. Gerd hielt ihn nicht zurück. Er wusste, dass er keine weiteren Informationen bekommen würde.

„Bis denne“, verabschiedete er sich von Dirk Rautenberg, nachdem die Vollzugsbeamten die Tür aufgeschlossen haben.

Rautenberg grinste. „Kommt gern wieder. Ich freu mich immer über Besuch. Aber bringt das nächste Mal ein Stücksken Kuchen mit.“

„Gebt ihm eine Portion Nachtisch extra“, rief Gerd den Beamten mit einem Grinsen nach.

Rautenberg hob nur die Hand und zeigte ihm den Mittelfinger. Gerd schüttelte den Kopf. Manches hatte sich in den letzten fünf Jahren kein bisschen verändert.

Auf der Rückfahrt nach Hagen, die ein bisschen gemächlicher verlief, war Andy der erste, der die Sprache wiedererlangte.

„Mein lieber Scholli, ich hätte nicht gedacht, dass es diesen ‚Kommissar Zufall‘ tatsächlich gibt. Du glaubst Rautenberg?“

„Yep. Dass er mit den Morden nichts zu tun hat, war mir von Anfang an klar. Wenn er davon gewusst hätte, hätte er es bei der Information über den Brieföffner belassen und den damaligen ominösen Auftrag gar nicht erwähnt. Ich wollte ihn nur ein bisschen unter Druck setzen“, erklärte Gerd.

„Nicht ohne Erfolg. Wir gehen also davon aus, dass seinerzeit zwar die wahren Täter zur Rechenschaft gezogen wurden, aber tatsächlich einen Auftraggeber hatten. Was meinst du? Ansgar von Frickenstein? Und seine Tochter ist ihm auf die Schliche gekommen, oder sie wusste von Anfang an mehr, als sie zugegeben hat?“

Möglich, grübelte Gerd, das würde auch erklären, warum sie ihrem Vater die Existenz ihrer Tochter verschwiegen hatte. Laut sagte er: „Wir sollten uns morgen früh noch einmal mit Leonores Sammlung aus der James Last-Plattenhülle befassen."

Er schlug sich gegen die Stirn. „Mensch, das habe ich bei deiner Kamikaze-Fahrt nach Bochum ganz vergessen. Du glaubst nicht, wen ich im Loft von Leonore von Frickenstein getroffen habe!"

Der Blonde mit dem kalten Blick

12. Dezember 2005:
Nora von Frickenstein wird Präsidentin des Kulturbundes
Nora von Frickenstein übernimmt die Präsidentschaft des neu gegründeten Kulturbundes in Hagen. „Ich freue mich, dass ich diese Aufgabe im Sinne von Karl Ernst Osthaus übernehmen darf", so die 57-Jährige, die zugibt, als Kind selbst gern gemalt zu haben. „Meist habe ich röhrende Hirsche übermalt, weil wir kein Papier hatten", gibt sie zu. In ihrer bayrischen Heimat gab es die in den 50er Jahren sicher zuhauf. Wir sind gespannt, welche Schwerpunkte der neue Verein setzen wird.

Nachdenklich und deutlich langsamer fuhren die beiden Polizisten zurück nach Hagen.

„Mir dämmert da was zum strengen Blonden", eröffnete Andy das Gespräch im ersten Stau auf der A 40. „Ich meine, er wurde in der Szene der Warhol für Arme genannt. Wir sollten noch einmal die Türsteher aus der damaligen Zeit befragen. Vielleicht erinnert sich jemand."

Gerd schwieg und hing weiter seinen Gedanken nach. Irgendetwas stimmte da nicht. Das konnte er förmlich riechen. Er war froh, dass sein Instinkt ihn auch nach den Jahren auf der Straße nicht verlassen hatte.

„Übernimmst du das, Gerd?", unterbrach Andy seine Überlegungen.

Gerd zuckte zusammen. Die Frage klang eher wie eine Anweisung. Doch er widersprach nicht. Andy Klausner hatte Recht. Die Rollen waren vertauscht. Er konnte froh sein, dass er mit von der Partie sein durfte. „Zwei der Burschen von damals waren eher gemäßigt. Einer von ihnen soll ein Sanitärgeschäft oder ähnliches in Breckerfeld haben, der andere mit

Rappo oft auf Märkten stehen. Ich meine, beide hätten früher bei Schönhoff mit Alteisen rumgemacht. Die Namen der beiden habe ich nicht mehr auf dem Zettel."

„Heute?", meldete sich Gerd doch noch zu Wort.

„Nee, jetzt ist Dienstschluss. Lass uns ein Feierabendbier im Rattenkeller trinken."

Gerd sah Andy zunächst verwirrt an, dann schlug er sich gegen die Stirn und lachte. „Den Ratskeller meinst du?" Er konnte nicht aufhören zu lachen. „Das ist gut." Dann zeigte er auf die nächsten roten Lichter, die vor ihnen aufleuchteten. „Dauert aber noch, was?"

Andy fluchte leise. „Ich hasse diese A 45. Mensch, wenn ich da an den Ostfriesenspieß denke, da kannst du durchbrettern, aber hier. Stop and go." Er spielte an dem Knopf der Musikanlage. Schweigen. „Verdammt, nicht mal ne CD in dieser Karre."

Gerd überlegte krampfhaft, womit er Andy ablenken konnte. Er wusste genau, wo die CD steckte. In seiner Hosentasche. Als Start für sein neues Leben. Andy bekam sie zurück, wenn er wieder eingenordet war.

„Du, Andy!", begann Gerd vorsichtig. „Steht dein Angebot noch? Du weißt schon, mit der Übernachtung." Er hielt Andys prüfendem Blick stand. „Ich will mein Leben wieder", stieß er hervor. „Charly und Lotte kommen nicht wieder, aber mein Leben soll dieser Mörder nicht auch zerstören!" Seit langem hatte er erstmals die Namen seiner Frau und seiner Tochter ausgesprochen. Er horchte in sich hinein. Zum ersten Mal spürte er das Brennen nicht mehr, das noch bis vor kurzem seine Erinnerung begleitet hatte.

„Klar doch!" Andy boxte gegen seinen Oberarm. „Wir machen ne Männer-WG auf. Bin sowieso grade solo. Das wird super. Du kannst gleich heute kommen, wenn dich dreckiges Geschirr in der Küche nicht aufregt. Und Hasso, mein Deutsch-Drahthaar. Du weißt schon, mein Trainingspartner."

Gerd lachte. Wenn Andy wüsste, was er in den letzten fünf Jahren alles gesehen hatte. Dagegen waren ein Hund und ein paar ungespülte Teller in einer warmen Wohnung Peanuts.

„Na endlich!“, stießen Gerd und Andy gleichzeitig aus, als nach der Baustelle der Verkehr wieder flüssig lief. Wenige Minuten später saßen sie vor der Spinne und dachten über alte Zeiten nach, als es im Ratskeller noch Schnitzel mit Bratkartoffeln gab und vor der Spinne die alte Gaslaterne stand. Nur die Kohlroulade in der Spinne, da waren sie sich einig, die schmeckte wie eh und je – nach mehr.

Andy Klausner machte sich gerade daran, an der Theke ihre Deckel zu bezahlen, als sich ein Mann neben Gerd stellte und sich räusperte.

Gerd sah auf und erkannte Lars Bredenbach. Ein kleiner, aber dafür umso breiter erscheinender Endvierziger, ein früherer Türsteher aus dem Madison, der sich auch dem Hagener Rotlichtmilieu angedient hatte.

„Na, ist das ein Zufall?“, brummte Bredenbach mit einer Stimme, der man den Kettenraucher deutlich anhörte.

„Lars, alter Eisenbieger, lange nicht gesehen. Alles gut?“, antwortete Gerd und reichte Lars die Hand, die dieser schraubstockartig drückte, während er Gerds erstaunten Blick mit einem Grinsen erwiderte.

Gerd wollte schon sagen: „Oh, immer noch der alte Lars, mehr Power in den Armen als in der Birne“, verkniff sich die Frotzelei aber in letzter Sekunde. Vielleicht wusste Lars etwas zum Möchtegern-Warhol zu sagen. Anders als Dirk Rautenberg konnte er jederzeit den Abgang machen, wenn ihm das Gespräch nicht passte.

Gerd fühlte sich auf einmal sehr müde und sehnte sich nach seinem Schlafsack. Die Vorstellung, nicht in Angst vor den Ex-Kollegen im Volkspark zu schlafen, sondern quasi im Schutz des Wieder-Kollegen auf der Couch, machte ihn munter. Also redete er nicht lange um den heißen Brei herum. „Sag mal, Lars, wo finde ich denn deinen Kumpel aus alten Zeiten. Der Name fällt mir gerade nicht ein. Dieser Blonde mit den stahlblauen Augen und der Narbe unter dem Auge."

„Du meinst Tom Berg. Bestell ihm schöne Grüße, wenn du ihn besuchst." Lars Bredenbach lachte laut. „Den findest du mitten im Grünen."

„Geht's ein bisschen genauer?" Gerd war müde und genervt.

„Klar doch", grinste Lars. „Der Blonde liegt auf dem Rembergfriedhof. Drei Reihen vor Emil Schumacher, rechts an der großen Pappel ist seine Urne verbuddelt. Unter den feinen Leuten hat er sich doch schon immer am liebsten aufgehalten."

Gerd Neubert sah Lars Bredenbach enttäuscht an. „Scheiße!", schimpfte er und sah sich nach Andy um, der wartend neben der Tür stand.

„Ok. Über die feinen Leute unterhalten wir uns dann morgen um 11 Uhr im Präsidium. Ich brauch jetzt erst einmal meinen Schönheitsschlaf." Gerd hob die Hand und wollte Lars schon auf die Schulter klopfen. Im letzten Augenblick überlegte er es sich anders und hieb zum Abschied nur auf die Theke. „Tschö, denn."

„Das war wohl eine Sackgasse", ärgerte sich Andy. „Ich fürchte, diese Typen helfen uns nicht weiter. Der Fisch stinkt vom Kopf. Am besten, wir fangen bei den Frickensteins an und arbeiten uns nach unten."

Gerd nickte nur. Er konnte sich auch nicht vorstellen, dass einer der zwielichtigen Gestalten heute noch einen brauchbaren Tipp auf Lager hatte. Die hatten seitdem so viele Dinger gedreht, da war das längst in Vergessenheit geraten. Nein, sie mussten da ansetzen, wo Vergessen weh tat. Und wo das war, wusste er seit fünf Jahren sehr genau. Im Herzen der Angehörigen.

Auf dem Weg

31. Juli 2011:
Wiederaufnahmeantrag im Doppelmord stattgegeben
Fast 25 Jahre nach dem Mord an Helga S. und Anette B. hat das Gericht dem Wiederaufnahmeantrag von Roland Zoschke zugestimmt. Zoschke war einer der beiden Täter, die in einem Indizienprozess überführt wurden und in die JVA einfuhren. Zoschkes Kollege ist noch in der Krümmede gestorben. Zoschkes Enkel haben nicht locker gelassen und sogar einen Privatdetektiv engagiert, um entlastendes Material zu finden.

Das Gurren einiger Tauben sorgte dafür, dass Gerds Schönheitsschlaf früher als gewollt ein Ende fand. Arme Viecher, bekommen nicht mal Hartz IV, seitdem es für sie keine Jobs als Briefboten mehr gibt, dachte Gerd und grinste, während er sich in seinem Schlafsack räkelte und sich auf eine warme Dusche mit anschließendem Frühstück in Luthers Waschsalon freute.

Er öffnete die Augen und sah sich überrascht um. Die Tauben saßen nicht auf der Bank gegenüber, sondern draußen vor dem Fenster. Die leeren Bierflaschen vom Vorabend lagen nicht im Schlafsack, damit keiner das Leergut klaute, sondern auf dem Tisch. Vor ihm stand ein Deutsch-Drahthaar und wedelte freundlich mit dem Schwanz.

„Na, gut gepennt?“ Hinter dem Hund stand Andy mit einem großen Becher Kaffee und zwei Toastscheiben, dick mit Mettwurst belegt. „Sorry, habe sonst nichts im Haus.“ Er stellte Tasse und Teller auf dem Couchtisch ab, griff die leeren Bierflaschen und kehrte wenig später mit einer zweiten Tasse und einem weiteren Teller zurück.

„Lass es dir schmecken!“, bat er Gerd. „Handtücher zum Duschen und ein paar Klamotten von mir habe ich dir auch rausgelegt. Heute Abend räumen wir dann die Modelleisenbahn im Gästezimmer weg."

Gerd lachte. Ihm fiel ein, wie sie am Vorabend noch mit der Eisenbahn gespielt hatten. Andys großes Hobby. Das war kein Geheimnis im Präsidium, aber dass er ein ganzes Zimmer dafür hatte …

Er sah Andy dankbar an. Immerhin war er bereit, es zu räumen, damit er wieder ein Dach über dem Kopf hatte. Nicht viele Kollegen würden das tun.

Schnell trank er einen Schluck Kaffee, um den Kloß im Hals runterzuspülen. Dann kramte er auf dem Boden in den Papieren, die er in der Nacht noch durchgesehen hatte.

„Guck mal hier, da hast du ein weiteres Motiv für den Mord an Leonore von Frickenstein. Wenn dieser Zoschke rausgefunden hat, dass er ihretwegen 25 Jahre unschuldig saß, dann hat er ein sauberes Motiv." Er redete schneller als sonst, um die Rührung, die ihn überkommen hatte, zu vertreiben.

Andy las den Artikel. „Ich habe gar nicht mitgekriegt, dass das schon durch ist. Da müssen wir uns warm anziehen."

Gerd starrte ihn an. „Was meinst du, wie alt die Enkel sind?", erkundigte er sich dann bei seinem Kollegen.

„Was weiß ich, zwanzig. Keine Ahnung!", antwortete Andy Klausner.

„Ich dachte gerade an die beiden, die ich in Leonores Wohnung erwischt habe und die auch an dem Abend an der Volme waren. Ich bin da ganz sicher, auch wenn sie es leugnen." Gerd stellte seine Tasse ab und begann den Reißverschluss des Schlafsacks aufzuziehen. „Äh, könntest du vielleicht!", bat er Andy und ärgerte sich, weil er eine rote Birne bekam. Jahrelang war er unter den Augen zahlreicher Passanten aus dem Schlafsack gekrabbelt. Kaum hatte er wieder ein Dach über dem Kopf, stellte er sich so an.

Andy schien das Gleiche zu denken. Doch er lachte nur, stellte die leeren Teller zusammen, seine Tasse obenauf und schnappte sich den Papierstapel. „Ich bin in der Küche“, rief er noch und überließ Gerd seiner Vorfreude auf eine Dusche in einem echten Badezimmer mit echten Handtüchern, frischer Wäsche und duftender Kleidung. Sein neues Leben begann jetzt.

Als er wenig später in Andys Hose, die ihm fünf Zentimeter zu kurz war, in der Küche erschien, war sein Kollege in den Stammbaum der Familie von Frickenstein vertieft.

„Hast du kapiert, weshalb Leonore den Vornamen ihres Onkels durchgestrichen und stattdessen Arsch darüber geschrieben hat? Und warum sie den Geburtsort ihrer Mutter eingekreist hat?“, begrüßte Andy ihn, ohne von den Papieren aufzusehen.

„Naja, Familie kann man sich nicht aussuchen“, entgegnete Gerd und wunderte sich, wie locker er das Wort Familie wieder aussprechen konnte. „Vermutlich konnte sie ihren Onkel einfach nicht ausstehen. Kennen wir den eigentlich?“

Andy dachte nach. „Ich kann mich nicht erinnern, dass dieser Onkel in einer der Akten auftaucht, aber ich kenne sie auch nicht auswendig.“

„Damals sind immer nur Mama und Papa um die junge Leonore herumgekluckt“, stimmte Gerd zu. „Aber ich habe meinen Onkel auch seit meiner Kindheit nicht gesehen. Warte mal. Hat Rautenberg nicht davon gesprochen, dass sie einen Bernhard von Frickenstein sucht und sogar ein Kopfgeld auf ihn ausgesetzt hat? Das könnte ein Bruder sein oder ein Onkel. Würde genau zu dem Arsch auf dem Plan passen.“

Andy nickte zustimmend. „Das sollten wir nachher gleich klären.“

„Und was hältst du von dem dicken Kreis um Berchtesgaden? Hatte Hitler da nicht ein Hauptquartier oder so?“ Gerd sah Andy an, dass er in Geschichte ebenso wenig aufgepasst hatte wie er selbst und auch noch nie in Bayern Urlaub gemacht hatte. Da erhellte sich Andys Gesicht.

„Warte mal“, rief er aufgeregt und stürzte ins Wohnzimmer. Gerd hörte ihn fluchen und sah sich genötigt, ihm Hilfestellung zu leisten. Andy stand da mit den Kabeln seines Computers. „Der sollte eigentlich in das andere Zimmer“, murmelte er schuldbewusst. Doch Gerd lachte nur. Es war klar, wo Andys Vorlieben lagen. Nicht beim Computer.

Gemeinsam gelang es ihnen, das Ding in Gang zu setzen. Gespannt sah Gerd Andy über die Schulter, als er Berchtesgaden und Beutekunst eingab.

„Bingo!“, riefen beide gleichzeitig, als hätte ein Spielführer ihnen wirklich zu einer vollständigen Reihe mit einem Gewinn verholfen.

„Na, dann lass uns mal der Familie von Frickenstein einen Besuch abstatten und hören, was sie zu diesem Zufall zu sagen hat“, sagte Andy und fuhr den Rechner wieder herunter.

Gerd verzichtete sogar darauf, seinen Schlafsack einzurollen. Mit einem zufriedenen Lächeln sah er von der Wohnungstür auf sein Nachtquartier, bis Andy laut mit dem Autoschlüssel klapperte.

Sag beim Abschied

12. Dezember 2008:
Noch immer Tausende Bilder verschollen
Zehn Jahre nach der Unterzeichung der Washingtoner Erklärung sind noch immer unzählige Bilder aus den Beutezügen der Nationalsozialisten verschwunden. Inzwischen ist bekannt, dass Hermann Göring seine Sammlung noch im Januar 1945 in einen Stollen in Berchtesgaden verfrachtet hat, der nach dem Zusammenbruch geplündert wurde. Es ist nicht auszuschließen, dass unter den Betten und hinter den Sofas der Berchtesgadener Ur-Bevölkerung noch Kunstschätze lagern. Unser Berufstipp: Wohnungsauflöser im Berchtesgadener Land.

„Lass mich doch bitte bei Luthers raus“, bat Gerd Andy, nachdem er einige Minuten schweigend vor sich hingestarrt hatte. Es juckte ihn, herauszufinden, was es mit der Herkunft der gnädigen Frau von Frickenstein auf sich hatte. Aber morgens um 9 Uhr konnten sie die hohen Herrschaften nicht wecken.

Was er sicher wusste, war, dass seine Straßenkollegen sich Sorgen machten, weil er gestern nicht nach Hause gekommen war. Er lachte leise. Wie sich das anhörte. Zu Hause unter dem Pavillon.

„Warum lachst du?“, wollte Andy wissen, während er eine Parkmöglichkeit in der Körnerstraße suchte.

„Später“, sagte Gerd nur. Er öffnete die Beifahrertür. „Bis später, dann erzähl ich’s dir.“ Er stieg aus und schloss die Tür. Wie in alten Zeiten klopfte er zweimal zum Abschied auf das Autodach. Die schönen Seiten der Vergangenheit hatten ihn wieder. Nun hieß es, Abschied zu nehmen von seiner Zwischenwelt.

Mit einem gut gelaunten „Guten Morgen“ betrat er Luthers Waschsalon und setzte sich mit einem Pott Kaffee in die Ecke. Sie würden schon kommen und fragen.

Keine drei Minuten später klopfte ihm der erste auf die Schulter und frotzelte: „Das gibt’s auch nur in Hagen, ein Bulle, der sein Frühstück bei der Diakonie schnorrt. Pfeifen ja schon die Spatzen von den Dächern, dass du wieder bei der Bullerei bist, um den Mord an der Frickenstein-Tochter aufzuklären, und eins kannste schon mal zu Protokoll nehmen, der alte Frickenstein ist ein Arsch vor dem Herrn.“

Gerd, der sich beinahe am Kaffee verschluckt hätte, schaute sich um und sah in das verlebte Gesicht seines Straßenkumpels Alfred. „Mal langsam, Alfred, ich werd’ doch meine Freiheit nicht aufgeben, bin nur ein bisschen behilflich, aber was hast du gegen den Frickenstein?“, antwortete er und ärgerte sich im gleichen Moment, dass er nicht sofort mit der Wahrheit herausgerückt war. Fünf Jahre alte Gewohnheiten ließen sich eben nicht von heute auf morgen abschütteln. Ehe er seine Antwort richtig stellen konnte, lamentierte Alfred schon weiter.

„Boah, Freiheit, andere nennen das soziales Abseits. Vergiss es, was ich über den Frickenstein gesagt habe. Hat mir die Nora damals weggeschnappt. Mann, war die ein heißer Feger, wir sind ein paar Mal um die Häuser gezogen und es hätte echt was fürs Leben werden können, wäre der A…, äh Frickenstein nicht gekommen.“ Er klapperte laut mit dem Kaffeelöffel in seiner leeren Tasse. „Klar hat sie sich für den entschieden. Ein von und zu. Hatte ja schon damals richtig Kohle, während ich dabei war, mir die Knochen am Hochofen in der Schmiedag kaputt zu machen. Mit ihren feinen Freundinnen, der Helga und der Anette, habe ich sie noch oft im Café Tigges bei Kaffee und Torte gesehen. Während die werten Gatten die Millionen hin und hergeschoben haben, ist bei mir immer nur der schwarze Peter gelandet.“

Alfred war also mal liiert mit Nora von Frickenstein, grübelte Gerd und kam zu der Erkenntnis, dass er über die Vergangenheit seiner Straßenkumpel im Grunde nichts wusste.

„Wie war sie denn so, die Nora?“, wollte er wissen. Doch Albert war schon wieder bei seiner üblichen Litanei darüber, dass das Leben es mit ihm einfach nicht gut gemeint hatte. Dafür hatte Gerd heute keine Zeit. Andy erwartete ihn im Präsidium. Auch wenn fraglich war, ob die Frickensteins schon einbestellt waren, so hatte sich doch die Tochter der Toten zur Vernehmung angemeldet. Irgendetwas stimmte mit den Frickenstein-Frauen nicht. Er nahm den letzten Schluck aus der Tasse, klopfte Alfred zum Abschied auf die Schulter und machte sich auf den Weg an seine alte Wirkungsstätte.

„Gerd, da bist du ja endlich“, empfing ihn Andy Klausner, als er das Büro der Soko Volme betrat und wie selbstverständlich seine Jacke über einen Stuhl warf.

Gerd Neubert wunderte sich, wie schnell er sich im Präsidium wieder heimisch fühlte, so sehr, dass das Büro, die Computer und sogar Andy Klausner es bis in seine Schlafträume geschafft hatten.

„Von mir aus kann es losgehen“, entgegnete Gerd. „Gibt’s was Neues?“

„Das kann man wohl sagen“, antwortete Andy, doch statt weiterzureden, drehte er sich um und ging an das andere Ende des Raumes. Er nahm einige Blätter vom Tisch und wedelte damit.

„Die Recherchen aus London.“ Die Worte warf er Gerd hin wie einen Köder.

Doch Gerd kannte seinen ehemaligen Mitarbeiter und grinste. Den Gefallen würde er ihm nicht tun, sich gierig wie ein Geier auf den toten Vogel zu stürzen. „Ja, und?“, murmelte er nur und ging zur Kaffeemaschine, als hätte er nicht gerade einen halben Liter Mokkadrogen in sich hinein geschüttet.

„Du bist unverbesserlich, Gerd!" Andy lachte. „Nun komm schon. Hier. Das Bild von Lois Wain stammt jedenfalls nicht aus einem Naziraub. Wahrscheinlich gab es der psychisch kranke Künstler dem Psychiater Ruben Aron Rosenzweyg als Bezahlung für die Behandlung in der Nervenheilanstalt."

Gerd ging nun doch zu Andy und sah ihm über die Schulter. Er war froh, dass er sein Schulenglisch in der aktiven Zeit immer aufgefrischt hatte. Sonst hätte Andy ihm einen vom Pferd erzählen können.

„Da steht es. Der Künstler war Ende der dreißiger Jahre in einer Klapse in London, die dieser Rosenzweyg gemeinsam mit Siegmund Heiter betrieben hat, nachdem beide vor den Nazis aus Wien flüchten mussten."

Gerd las weiter und pfiff leise. „Hast du das gesehen? Der Wert des Bildes wird auf Minimum 50.000 Euro geschätzt, bisher wurde es noch nicht in einem Katalog gelistet. 50.000 Ocken, die hätte ich auch gern. Aber was ist mit den anderen Bildern?"

Andy hielt ihm die Mappe mit den Expertisen hin.

Gerd pfiff leise. „Das ist ja wohl ein Volltreffer, was? Guck mal hier, für unsere Katzen gibt es eine Suchmeldung."

„Suchmeldung?" Der Soko-Leiter sah seinen Ex-Chef-Jetzt-Mitarbeiter verblüfft an.

„Es gibt eine Einrichtung, die sammelt alle Werke, die vermisst und gefunden werden. Unser Marc wird noch gesucht. Steht zumindest hier." Er blätterte den Hefter durch. „Und nicht nur der. Wer weiß, vielleicht gehört das Bild von dem Bekloppten doch dazu."

Gerd ließ Andy stehen und ging zu dem Bild der Toten aus der Volme. „Viel interessanter ist doch, was Leonore von Frickenstein mit den Bildern zu tun hat. Hast du dazu schon etwas herausgefunden?"

Andy schüttelte den Kopf. „Wir haben keine Ahnung, wie die Bilder in die Sterbecke gelangt sind. Vielleicht kann uns ihre Tochter etwas dazu sagen." Er blickte auf die Uhr. „Sie müsste gleich kommen."

Wie aufs Stichwort wurde nach einem leisen Klopfen die Tür zum Soko-Büro geöffnet. Eine junge Frau mit langen dunklen Haaren trat zögernd ein.

„Guten Tag, ich bin Lea Weinheim", sagte sie zaghaft mit einem englischen Akzent, der unüberhörbar war. „Mein Grandpa hat mir gesagt, dass ich mich bei Ihnen melden soll." Gerd schmunzelte, nicht nur der Akzent, sondern auch der englische Großvater ließ erkennen, dass Lea Weinheim nicht aus Hagen stammte.

Mit Wohlwollen betrachtete er die junge Frau. Wie ähnlich sie ihrer Mutter sah. Sie mochte genau in dem Alter sein, in dem ihre Mutter bei der Zeugenaussage gewesen war. Er schaute sich um. Genau hier hatte sie gesessen. Flankiert von ihrem Oberstaatsanwalt-Vater und ihrer Schicki-Micki-Mutter.

„Guten Morgen, Frau Weinheim", begrüßte Andy Klausner die junge Frau. Er reichte ihr die Hand. Lea zuckte zurück, als hätte er ihr eine Schlange hingehalten.

Gerd grinste. Schon als Lea Weinheim den Raum betreten hatte, war es ihm so vorgekommen, als hätte sie sich am liebsten gleich wieder umgedreht. Solche Gesprächspartner hatten immer etwas zu verbergen, und wenn es nur eine gefälschte Examensarbeit war.

Wusste ich es doch, dachte er. Irgendetwas stimmt da nicht, und ich werde es herausfinden. Doch zunächst würde er Andy das Feld überlassen.

„Wir müssen genau wissen, was Ihre Mutter getan hat, ehe sie nach Hagen aufgebrochen ist", begann Andy das Gespräch.

Lea senkte den Blick und nickte. Andy wartete.

„Sie verstehen Deutsch?", mischte Gerd sich nun doch ein. Vielleicht zögerte Lea Weinheim nur, weil sie Andy nicht verstanden hatte.

Die junge Frau sah Gerd an und lächelte. „Meine Mom hat darauf bestanden, dass ich Deutsch spreche und verstehe." Sie drehte eine Haarsträhne über ihren Finger, als sie das sagte. Genau wie ihre Mutter.

„Wissen Sie, dass Sie Ihrer Mutter sehr ähnlich sind?", konnte Gerd sich nicht verkneifen. Er erntete einen verwunderten Blick von Andy und ein erfreutes Lächeln von Lea Weinheim. „Kannten Sie meine Mutter?", wollte sie wissen.

Gerd nickte. „Ich habe sie damals befragt, ehe sie ins Zeugenschutzprogramm kam." Er stockte. „Sie wissen, dass Ihre Mutter Zeugin in einem wichtigen Prozess war?"

Lea nickte und Gerd sah, wie sich die Augen wieder verdunkelten. Das Leuchten, das bei seiner Erinnerung an ihre Mutter aufgeflackert war, verschwand.

„Was hat Ihre Mutter gesagt, ehe sie abreiste?", fragte Andy nun, als hätte er genug von Gerds Smalltalk.

Gerd presste die Lippen aufeinander. So etwas hätte Andy früher nicht gewagt. Er lachte bitter. Früher. Jetzt war Andy der Chef.

Das hatte wohl auch Lea erkannt. Nach Andy Klausners Frage blickte sie auf und zuerst den Soko-Leiter und dann Gerd an. „Wir haben nur kurz telefoniert. Meine Mutter meinte, sie müsse für drei Wochen nach Deutschland. Sie hatte hier etwas zu erledigen. Was, das hat sie nicht gesagt."

Sie stützte ihr Kinn auf die Hand und sah die Ermittler an. „Meine Mutter hat oft Reisen ins Ausland gemacht und nie viel darüber erzählt. Ich weiß nur, dass die Reisen etwas mit ihrem Beruf zu tun hatten. Sie war dafür zuständig, alte Kunstwerke ausfindig zu machen. Ich bin nach dem Abitur von Daheim ausgezogen und wohne im Studentenwohnheim, seit ich in Cambridge studiere. Betriebswirtschaft. Bis vor wenigen Tagen wusste ich tatsächlich nicht, dass ich eine Familie in Deutschland habe." Sie schüttelte den Kopf, ihr langes Haar fiel wie ein Vorhang um ihr Gesicht. Gerd kam es vor, als hörte er ein Schluchzen. Die junge Frau tat ihm leid, aber nur wenig, denn dass sie etwas vor ihnen verheimlichte, lag für ihn auf der Hand. Andy sah Lea noch immer mitleidsvoll an und machte keine Anstalten, weitere Fragen zu stellen.

Gerd deutete mit dem Kopf an, dass er noch einige Fragen hatte. Doch Andy schüttelte den Kopf und verabschiedete sich von Lea, ehe Gerd zum Zuge kam. Dabei waren für ihn noch viele Rätsel ungelöst.

Erste Annäherungen

12. März 1987:
Frischer Wind in Berchtesgadener Kellern
Im Berchtesgadener Land geht die Angst um. Die Angst vor dem neuen Polizeipräsidenten. Als Nachfahre einer jüdischen Familie, die von den Nazis um ihren Besitz gebracht wurde, hat er es sich zur Aufgabe gemacht, gestohlenes jüdisches Eigentum ausfindig zu machen. „Ich bin sicher, dass hier in der Region noch einige Kunstwerke in den Kellern und auf den Speichern liegen", erklärte er bei seiner Einführungs-Pressekonferenz. „Es waren die Berchtesgadener, die 1945 Görings Stollen leer geräumt haben." Schon brodelt es in der Bevölkerung und so mancher Politiker fordert vollmundig den Rücktritt dieses Nestbeschmutzers.

Mit gemischten Gefühlen fuhr Little Lea ins Hotel. Dieser ältere Polizist hatte sie angesehen, als könnte er Gedanken lesen. Der Jüngere hatte nur nach ihrer Mutter gefragt, über ihren Großvater wollte er nichts wissen.

Lea beschloss, ihren Großvater aufzusuchen. Sie wollte wissen, wo ihre Mutter aufgewachsen war und wo sie … Daran mochte sie nicht denken. Darum würde sie sich kümmern, wenn klar war, wer ihre Mutter getötet hatte. Hatte sie in Hagen ein geheimes Leben geführt? War sie nie in Shanghai oder Katmandu gewesen, wie sie ihr erzählt hatte, sondern immer nur in Hagen an diesem winzigen Flüsschen, aus dem man sie gefischt hatte?

Im Haus ihrer Großeltern ging niemand ans Telefon. Lea überlegte, was sie tun konnte. Ratlos stand sie am Fenster und schaute auf den Felsengarten. Hagen war wirklich sehr gewöhnungsbedürftig. Allerdings wollte sie wissen, wer ihre Mutter umgebracht hatte. Und sie wollte endlich die Wurzeln ihrer Familie kennen lernen.

Sie griff erneut zum Telefonhörer und rief ihren Großvater an.

„Von Frickenstein“, hörte sie dieses Mal eine Frauenstimme. Sie klang fern und unnahbar. Ob das ihre Großmutter war?

„Lea Weinheim“, meldete sie sich leise. „Ach, die kleine Lea“, hörte sie ihr Gegenüber säuseln. „Wie schön, endlich mein Enkelkind zu hören. Wann kommst du vorbei?“

Irritiert betrachtete Lea den Telefonhörer. Die Stimme klang irgendwie merkwürdig. Wie eine Puppe, die man aufgedreht hatte. War das die Frau, von der ihre Mutter in dem Brief geschrieben hatte? Ob ausgerechnet sie ihr wirklich weiterhelfen konnte?

„Bestell dir ein Taxi, ich kann nicht noch einmal durch den Verkehr fahren“, erklang nun die Stimme ihres Großvaters in einem Ton, der Lea weiter an der Idee zweifeln ließ. Aber wer sollte ihr sonst bei der Suche nach der Wahrheit helfen?

Nachdem sie sich frisch gemacht und ihr Make up kontrolliert hatte, ließ sie sich ein Taxi rufen.

Als sie im Taxi saß und dem Fahrer die Adresse in Holthausen nannte, hörte sie ihn murmeln. „Feine Gegend, da wohnen die Reichen.“ Lea hörte nur mit halbem Ohr zu. In Gedanken war sie bei ihrer unbekannten Familie. Was interessierte sie, dass der Taxifahrer in Altenhagen wohnte, wo die Häuser langsam zerfielen und die Ausländerrate extrem hoch sei.

„Was ist eigentlich das Besonders an Hagen?“, unterbrach sie den Redefluss des Mannes, der inzwischen bei seinem mickerigen Gehalt angekommen war, von dem er sich keine andere Wohngegend leisten könne.

Erleichtert stellte Lea fest, dass er bereitwillig das Thema wechselte und über die Stadt berichtete.

„Bis in die siebziger Jahre war Hagen top, dat sach ich se. Aber dann. Stahlkrise. Niedergang der Schwerindustrie. Die

Klöckner-Hütte wurde zwischen 72 und 82 vollständig stillgelegt, die Gussstahlwerke Wittmann gingen in die Insolvenz und zwei von drei Werken der Stahlwerke Südwestfalen wurden geschlossen."

Lea sah, dass er trotz seines Vortrags über den Niedergang Hagens konzentriert die Fahrzeuge um sie herum beobachtete. Besonders ein Porsche hatte es ihm angetan, so kam es ihr vor.

„Immer weniger Arbeitsplätze. Man, wat ging et uns gut, mit den Brauereien Bettermann und Andreas, den Süßwarenherstellern Villosa und Grothe und unserem Brandt-Zwieback."

Der Porsche hatte sich hinter ihnen eingefädelt. Fast kam es Lea so vor, als folgte er ihrem Taxi. Das konnte nicht sein. Sie kannte hier niemanden.

„Kennen Sie den Fahrer des Porsche hinter uns?", unterbrach sie den Taxifahrer.

„Nö", entgegnete er. „Irgendein Angeber, der hängt schon seit dem Hotel an uns dran."

Lea sah sich um. Der Brief ihrer Mutter fiel ihr ein und die Bemerkungen der Polizisten über das Zeugenschutzprogramm. Ob doch etwas an deren Verdacht war, dass ihre Mutter in Gefahr gewesen war? Immerhin war sie tot. War sie die nächste? Ängstlich sah sie sich um und ließ das Geplapper des Taxifahrers an sich abgleiten. Nur die Zahlen prägten sich ihr ein, nicht umsonst studierte sie BWL. Von über 230.000 Einwohnern war Hagen auf knapp 190.000 Bürger geschrumpft.

Der Porsche fuhr immer noch hinter ihnen her. Der Taxifahrer redete unermüdlich weiter. Erst als er berichtete, dass das berühmte Folkwang-Museum in Essen ursprünglich aus Hagen kam, horchte Lea auf. Eines war bei ihrer Erziehung keinesfalls zu kurz gekommen, die Kunst. Dafür hatte ihre Mutter gesorgt und sie ständig mit in Ausstellungen geschleppt.

Da war wieder der Porsche. Er überholte und hätte fast den Gegenverkehr gerammt. „Hier sind wir übrigens an der Hünenpforte“, erklärte der Taxifahrer gerade, als der Porsche vor ihnen abbremste.

„Wir sind gleich da“, beruhigte der Mann Lea, die nervös aus dem Fenster schaute. „Noch 500 Meter, dort oben ist das Anwesen der Frickensteins, das ist die Adresse, die Sie mir genannt haben“, sagte der Taxifahrer.

Der Porschefahrer hatte direkt neben der Einfahrt geparkt. Lea kam es so vor, als starrte er sie an. Was sollte das? Was hatte sie mit diesem Menschen zu schaffen?

Mit gemischten Gefühlen sah sie, dass das Taxi durch ein parkähnliches Gelände fuhr und direkt vor einer Villa mit einer imposanten Freitreppe hielt. Am liebsten hätte sie den Fahrer gebeten zu warten. Als sie hinunter auf die Straße blickte, bemerkte sie den Porsche, der quer vor der Einfahrt stand. Sie kam sich vor wie in einem Käfig und schüttelte den Kopf, um die Gedanken zu vertreiben.

Eine Frau mit kurzgeschnittenen silbergrauen Haaren kam die Treppe herunter. Rasch bezahlte Lea den Fahrpreis und stieg aus dem Taxi.

Die Frau lächelte Lea an, doch wieder kam sie ihr vor wie eine Puppe. Auch als sie sie umarmte und ausrief: „Endlich lerne ich mein Enkelkind kennen.“

Hinter der Frau erschien ihr Großvater. „Wenn ich mich recht entsinne, wolltest du zu mir, Lea“, sagte er in einem Ton, der Lea erahnen ließ, warum ihre Mutter keinen Kontakt zu ihrem Vater hatte.

Ohne seine Frau eines Blickes zu würdigen, führte der Großvater Lea in ein Wohnzimmer mit Blick auf eine große Terrasse, wo sich Oleanderpflanzen in großen weißen Kübeln befanden.

Lea sah sich nach ihrer Großmutter um. „Kommt Grandma nicht auch?“, fragte sie.

Von Frickenstein nickte bedächtig. „Es geht ihr nicht so gut. Sie leidet unter Depressionen“, sagte er leise. Lea kam es so vor, als hätte er Angst, dass die Depressionen ihn von der Decke anspringen könnten, wenn er das Wort zu laut aussprach.

„Und was ist mit den anderen Familienmitgliedern?“, wollte Lea wissen.

Sie sah, dass ihr Großvater zögerte, ehe er sagte. „Sonst gibt es keine Verwandten.“ Erst als sie ihn mit ihren klaren Augen ansah und seinen Blick fesselte, stieß er hervor: „Ja, ich habe noch einen Bruder, aber wo der sich aufhält, weiß ich zum Glück nicht. Zum Glück für ihn!“

„Aber ich!“ Die feste Stimme ihrer Großmutter ließ Lea herumfahren.

Das geheimnisvolle Quartett

26. Januar 1985:
Neue Spende für ein Kinderhaus

Der Sozialdienst katholischer Frauen Hagen entschloss sich, für in Not geratene junge, wohnungslose, schwangere Frauen ein Zufluchtshaus zu bauen. Dieses Zufluchtshaus wurde am 25. Oktober 1927 als Agnesheim eingeweiht. Ab dem Jahre 1938 wurden im Mutter-Kind-Heim auch Schulkinder aufgenommen. 1977 erfolgte die Grundsteinlegung für den Neubau vom Agnesheim Funckenhausen, da der Altbau nicht mehr den Erfordernissen der modernen Pädagogik genügte. 1978 wurde das heutige Agnesheim bezogen und am 26. Januar 1979 eingeweiht. Für die Erweiterung des Nordflügels erhält das Agnesheim im Rahmen der heutigen Feierlichkeiten eine großzügige Spende der heimischen Rotarier, District 1900.

Missmutig lehnte Gerd an der Fensterbank, als Andy zurückkam. Er hatte darauf bestanden, die Tochter der Toten persönlich zum Ausgang zu bringen.

„Wieso durfte ich sie nicht weiter befragen?“, schnauzte Gerd seinen ehemaligen Mitarbeiter und jetzigen Vorgesetzten an. Er konnte sich das leisten. Die Kripo wollte etwas von ihm. Er brauchte das alles hier nicht. Noch nicht.

„Mensch, Gerd, das ist die Enkelin vom Oberstaatsanwalt“, versuchte Andy ihn zu beschwichtigen. „Was meinst du, was der für einen Terror macht, wenn der mitkriegt, dass ausgerechnet du die Kleine vernimmst.“

Andy hatte nicht ganz Unrecht. Trotzdem. „Die weiß doch mehr, als sie uns sagt!“, schmetterte Gerd Andy entgegen.

„Deine Stunde kommt auch noch, glaub mir“, antwortete Andy. Er nahm einen der Zeitungsausschnitte, die sie in der

James Last-Hülle gefunden hatten, und drückte ihn Gerd in die Hand mit den Worten: „Hier. Wen erkennst du darauf?"

Gerd war ein wenig irritiert „Ähm, steht ja drunter, wer die vier Schlipsträger sind. Kennen tu ich nur den Frickenstein. Die Namen der anderen sagen mir aber was, Architekt Friedrich Steinfels und Rechtsanwalt Karl-Heinz Bergfeld. Na, da staun ich doch, die mittlerweile verstorbenen Ehemänner unserer Volmeleichen von 1988. Wie alt ist das Bild?"

„Nach Angaben der Westfalenpost ist die Aufnahme von 1985. Die drei Rotarier Frickenstein, Bergfeld und Steinfels überreichen da gerade eine edle Spende an den Leiter eines Hagener Kinderheims", berichtete Andy Klausner.

„Wusste bisher nicht, dass der Fricke was mit den Rotariern zu tun hat", überlegte Gerd laut. „An welches Kinderheim ging die Spende? An das Städtische Kinderheim in der Selbecke oder das Heim in Vorhalle?"

„Du stellst Fragen", nörgelte Andy. „Steht das da denn nicht?"

Gerd, der den Zeitungsausschnitt immer noch in der Hand hielt, widmete sich erstmalig dem Text und las laut vor. „Sozialdienst Katholischer Frauen. Sagt mir nichts. Ach, die Rotarier. Kümmern sich nur um die, denen es ohnehin schon gut geht. Glaubst du, dass sie sich einmal um uns gekümmert haben?", ereiferte er sich.

„Ja, ja, schon gut", versuchte Andy ihn zu bremsen. „Immerhin tun sie etwas, diese Clubs, egal ob sie Rotary oder Lions heißen. Meine Nichte arbeitet als Erzieherin im Kinderheim und freut sich immer über deren Spenden. Da kann man mit den Großen mal zum Bowling, mit den Kleinen in den Tierpark oder dringende Anschaffungen machen. In Anbetracht der Hagener Finanzlage wäre das sonst wohl schlecht möglich", unterbrach Andy Gerds Zornesausbruch. „Warum ist damals niemand darauf gekommen, dass die Frickensteins mit den Steinfels und Bergfelds befreundet waren?", schimpfte

Gerd weiter, als könnte Andy etwas für das Versäumnis, das er selbst zu verantworten hatte. „Mein Kumpel Alfred hat mir heute auch erzählt, dass die drei Frauen wohl gut miteinander konnten."

Andi warf Gerd einen genervten Blick zu. „Wie hättet ihr darauf kommen sollen? Von Frickenstein hat das seinerzeit verschwiegen und die Zeitungsartikel damals waren noch nicht so schön archiviert wie heute. Dieser ist von 1985, die Morde passierten 1988, da waren Friedrich Steinfels und Karl-Heinz Bergfeld bereits verstorben. Ersterer Ende 86 an einem Herzinfarkt und Bergfeld Mitte 87 an Krebs."

Andy trommelte mit dem Bleistift auf den Schreibtisch.

„Was bist du denn so nervös", herrschte Gerd Andy an. „Von den Männern, die auf dem Foto zu sehen sind, lebt nur noch einer. Die Ehefrauen der beiden Männer sind schon seit Jahren tot und nun die Tochter des dritten Mannes. Die Frau ist angeblich in der Klinik. Haben wir die eigentlich schon erreicht? Und überhaupt: Klingelt da nicht was bei dir?"

„Nein, bei mir klingelt nichts." Andy warf den Bleistift auf den Tisch. „Und ich habe keine Lust auf dieses Rätselraten. Erst maulst du mich an, weil du die Kleine nicht vernehmen darfst, und jetzt spielst du dich auf. Du hast den Fall damals auch nicht gelöst; darf ich dich daran erinnern?"

Gerd legte den Artikel auf den Tisch. „Oh Mann, welche Laus ist dir denn über die Leber gekrochen", wollte er wissen. „Komm, Andy, lass uns zwischendurch mal an der frischen Luft die alten Knochen vertreten und eine rauchen."

„Frische Luft und rauchen", entgegnete Andy mit einem Anflug schlechter Laune. „Das passt nicht zusammen!"

„Wir beide passen auch nicht immer zusammen", antwortete Gerd und stand auf. „Komm, wir gehen spazieren, im Volmepark."

„Und im Park auf der Bank mit deinen Kumpels ein Bierchen zischen?", fragte Andy schärfer, als er eigentlich wollte.

„Oh, gern“, freute sich Gerd, der die Spitze bewusst ignorierte, „ich hätt’ jetzt nicht gedacht, dass du das mitmachst.“ Er legte Andy die Hand auf die Schulter, damit er ihn besser vor sich herschieben konnte. „Nun komm schon, mein schlecht gelaunter Freund. An der frischen Luft lässt es sich doppelt gut denken. Es wird Zeit, dass wir uns Gedanken machen über die vierte Person auf dem Bild. Der Typ kommt mir nämlich bekannt vor und ich kenne ganz bestimmt keinen Bernhard von Frickenstein.“

Als sie vor der Tür des Präsidiums standen, zögerte er. „Hast du deinen Autoschlüssel bei dir?“, fragte er seinen Kollegen.

Andy nickte. „Klar doch! Ohne mein Auto bin ich nur ein halber Mensch.“

Gerd lachte. Das hatte er auch einmal geglaubt. Vor vielen Jahren. Inzwischen hatte er sich dran gewöhnt, dass es ohne Auto gut ging. Allerdings war der Weg nach Holthausen zum Anwesen der von Frickensteins deutlich zu weit für Schusters Rappen. „Ich denke, wir sollten Fricke und seiner Frau einen Überraschungsbesuch abstatten“, schlug er vor.

„Du willst wirklich auf deine Fluppe verzichten?“ Andy sah Gerd fassungslos an. „Dann scheinst du ja einen echt guten Pfeil im Köcher zu haben“, lachte er und schob den Kollegen auf seinen Wagen zu.

Ein Besuch in der Villa

24. August 1989:
Hagenerin bei Autounfall getötet
Wie die Staatsanwaltschaft heute bekannt gab, ist eine 18-jährige Hagenerin unter ungeklärten Umständen bei einem Autounfall ums Leben gekommen. Ein unbekannter Zeuge sagt aus, sie hätte als Anhalterin in der Einfahrt zur A 45 gestanden. Dort wurde sie in den frühen Morgenstunden tot geborgen. Die Obduktion ergab innere Verletzungen, an denen sie noch in der Nacht gestorben sein muss. Weiteres ist weder von Polizei noch Staatsanwaltschaft zu erfahren.

Gerd pfiff, als Andy seinen Wagen hinter einem silbernen Porsche parkte, der vor der Villa der von Frickensteins stand.

„Da sieht man doch, wo das Geld steckt“, bemerkte er trocken. „Hübsches kleines Autochen für die Lady, was?“

Andy sah ihn verwirrt an. „Wieso für die Lady?“

„Na, der Alte fährt doch den dicken B4, schon vergessen?“, entgegnete Gerd und seine Worte gingen fast in dem Geräusch unter, das der weiße Kies erzeugte, als er aus dem Auto stieg.

„Was du dir alles merkst!“ Andy lachte, während er sein Auto abschloss und geräuschvoll hinter Gerd her zur Eingangstür ging.

Als Gerd fast auf der Höhe des Porsche war, machte dieser plötzlich einen Satz und fuhr mit dem unangenehmen Geräusch, das durchdrehende Reifen auf Kies erzeugen, los. Erschrocken sprang er zurück, um dem Kiesregen zu entgehen, den die breiten Räder hinterließen.

„Was war das denn?“ Andy starrte dem Fahrzeug hinterher. „Hast du gesehen, dass jemand aus dem Haus gekommen ist?“

Gerd schüttelte den Kopf. „Da kam keiner. Der Fahrer muss im Auto gesessen haben." Er sah dem Porsche nach, der bis zur Einfahrt eine Kiesgischt aufwühlte.

Andy entriegelte seinen Dienstwagen und griff nach dem Funkgerät, um eine Halterabfrage in Auftrag zu geben. „Vielleicht ist der ja ganz harmlos", sagte er. „Aber diesen Start könnte man auch als Mordversuch werten." Er klopfte seine Jacke und Hose ab, auf der sich weiße Flecken von den zerborstenen Kieseln abzeichneten.

Gerd lachte, als er seinen weiß-gepunkteten Kollegen sah, und erinnerte sich an die Joghurt-Stipser, mit denen er von Frickenstein im Büro begrüßt hatte. Gut, dass sie auf der richtigen Seite waren und keine Angeklagten im Kreuzverhör.

Apropos Kreuzverhör. Nun wollte er aber doch wissen, was es mit dieser Familie auf sich hatte. Energisch drückte er den kleinen Klingelknopf, der fehl am Platze wirkte und nicht zu dem sonst imposanten Gebäude passte.

„Ja?" Eine Frau mit kurzgeschnittenen grauen Haaren öffnete die Tür. „Sie wünschen?"

Gerd griff in die Jackentasche und stellte erst dann fest, dass er noch immer nur halboffiziell im Dienst war und sich nicht als Polizist ausweisen konnte.

Zum Glück war Andy dicht hinter ihm und antwortete in gewohnter Manier: „Andy Klausner, Mordkommission, das ist mein Kollege Gerd Neubert", während er seinen Polizeiausweis vorzeigte.

„Frau von Frickenstein? Ihr Mann hat uns berichtet, Sie wären in der Klinik!" Gerd war die Frau gleich bekannt vorgekommen, obwohl 25 Jahre vergangen waren, seit er sie zum letzten Mal gesehen hatte. Diese verschatteten grünen Augen waren ihm bereits damals aufgefallen. Auch jetzt wirkten sie leicht umnachtet, als hätte Nora von Frickenstein Drogen genommen.

„Herr Neubert?“, fragte Frau von Frickenstein zurück. „Ich denke, Sie …“, sie brach mitten im Satz ab, als hätte sie sich ihrer Kinderstube besonnen. Auf seine Bemerkung über die Klinik ging sie nicht ein. Aber das wunderte Gerd Neubert nicht. Er hatte immer den Verdacht gehabt, dass sie gern eine Krankheit als Ausrede nutzte, wenn sie befragt wurde. Damals hatte sie das nicht weiter beschäftigt, weil die Täter feststanden. Aber heute musste sie doch ein Interesse daran haben, dass der Mörder ihrer Tochter gefunden wurde. Eine seltsame Familie.

„Was kann ich für Sie tun?“, erkundigte Nora von Frickenstein sich, ohne die Tür weiter zu öffnen oder einen Zentimeter Platz zu machen, um sie einzulassen.

„Frau von Frickenstein!“ Andys Blick sagte deutlich, was er dachte.

Gerd musste sich ein Lachen verkneifen. Manchmal war es wirklich gut, dass der Generation die Ehrfurcht vor den besseren Kreisen fehlte.

„Sie wollen nicht ernsthaft behaupten, dass Sie nicht wüssten, warum wir hier sind“, bedeutete Andys Blick, und damit sie ihn auch wirklich verstand, schob er die Bemerkung gleich hinterher.

Ein Ruck ging durch Frau von Frickenstein, als wollte sie mit ihrer Wirbelsäule ihr ganzes Leben gerade rücken.

„Dann kommen Sie herein!“, sagte sie in einem herablassenden Ton, der Gerd durch und durch ging. Ehe er solche Vernehmungen wieder allein durchführen konnte, würde es noch etwas dauern. Auch wenn der Geruch der Straße nicht mehr im wörtlichen Sinne an ihm haftete, er klebte doch noch in seinem Gemüt und zerrte in solchen Momenten an seinem Selbstbewusstsein.

Zum Glück hatte Andy dieses Problem nicht. Er schritt forsch an Frau von Frickenstein vorbei und fragte: „In welchem Raum hätten Sie uns denn gern?“

Dabei erübrigte sich die Frage, weil im selben Moment die Stimme des Oberstaatsanwalts erklang. „Wer ist denn da?“ und eine Tür geöffnet wurde.

„Was wollen Sie denn hier, Neubert?“, herrschte er nicht Andy Klausner, sondern Gerd an. Fast kam es Gerd so vor, als wüsste er genau, dass er ihn leichter treffen konnte. Doch er kannte den Oberstaatsanwalt und hatte mit ihm schon einige Wortgefechte ausgestanden.

„Oh, Sie haben uns einiges zu erklären“, konnte er daher im gleichen forschen Ton zurückgeben. „Ich sage nur: Beutekunst und Kaliberdolch, Berchtesgaden und Bernhard. Na, klingelt da etwas?“

Ehe er Angst vor seiner eigenen Courage bekam, marschierte er durch in das Zimmer, dessen Tür von Frickenstein geöffnet hatte.

„Ach, da ist ja auch das Enkelchen“, rief er sarkastisch, als er Lea entdeckte. „Fehlt doch nur noch der feine Herr Bernhard.“ Er tat, als wollte er hinter der Tür und unter dem Tisch nachsehen. „Ja, wo ist er denn?“, spottete er.

„Neubert!“, brüllte von Frickenstein hinter ihm. „Ein solches Benehmen muss ich mir in meinem eigenen Haus nicht gefallen lassen!“

Gerd öffnete bereits den Mund zu einer Entgegnung, da bemerkte er das leichte Kopfschütteln Andys, der hinter der Frau des Hauses den Raum betrat.

„Herr von Frickenstein, Sie haben uns schön an der Nase herumgeführt“, antwortete Andy an Gerds Stelle. „So zu tun, als ob Sie nicht wüssten, dass Ihre Tochter in Hagen ist, wo es die Spatzen von den Dächern pfeifen!“

Gerd sah die Verwirrung auf dem Gesicht des Oberstaatsanwalts. Er war ein guter Bluffer, das musste er als Staatsanwalt auch sein. Aber sich so zu verstellen? Das verlangte deutlich mehr Schauspielkunst, als in der Juristen-Ausbildung vorgesehen war. Rasch sah er sich um.

Das Gesicht Nora von Frickensteins wirkte wie eine Maske. Sie verzog keine Miene. Bis sie mitbekam, dass Gerd sie betrachtete. Innerhalb von Sekundenbruchteilen änderte sich ihr Gesichtsausdruck. Sie wirkte leidend, legte die Hand an die Stirn und stöhnte mit bedeckter Stimme: „Oh, meine Migräne, bitte entschuldigen Sie mich."

Ehe Andy oder Gerd etwas sagen konnten, war sie verschwunden.

„Na, dann wollen wir uns unterhalten", verkündete Gerd und machte keinen Hehl daraus, dass dies kein Kaffeeklatsch werden würde.

„Lea, Liebes, kannst du nach deiner Großmutter schauen?", bat von Frickenstein seine Enkelin, die beim Eintritt der Polizisten aufgesprungen war und das ganze Schauspiel mit offenem Mund verfolgt hatte.

„Die liebe Lea bleibt hier!", bestimmte Gerd Neubert in einem Ton, der keinen Widerspruch duldete. Ach, endlich mal wieder … er gönnte sich den kleinen Gedankenschlenker, ehe er die restlichen von Frickensteins aufforderte, Platz zu nehmen.

„Fangen wir mit dem Dolch an, der im Rücken Ihrer Tochter steckte!", sagte Gerd. Er wusste, dass das ein brutaler Einstieg war, aber er hoffte, die beiden damit am schnellsten aus der Reserve zu locken.

„Ein Kaliberdolch aus dem 17. Jahrhundert", warf Andy erklärend ein und setzte sich auf die Lehne eines Sessels, der aussah, als wäre er mindestens genauso alt wie der Dolch.

„Was haben wir damit zu tun?", fragte der Oberstaatsanwalt böse zurück.

„Sie haben doch sicher nicht vergessen, dass Ihr Ur-Ur-Ur-Großvater damit in den Krieg gezogen ist", entgegnete Andy mit einem süffisanten Lächeln. „Wir haben da so unsere Quellen, wissen Sie?", fügte er hinzu, um jede Diskussion auszuschließen.

„Ach, das Ding“, antwortete von Frickenstein. „Keine Ahnung, wo das abgeblieben ist. Ich glaube, das hat noch mein Vater verkauft.“

„Wovon reden die Polizisten?“, wollte Lea Weinheim wissen. Sie hatte sich wieder auf das kleine Sofa vor dem Fenster gesetzt und war der Auseinandersetzung mit Blicken gefolgt.

Zu Gerds Überraschung zog Andy das Foto aus der Tasche, das Dirk Rautenberg geknetet und fast beknabbert hatte. „Damit wurde Ihre Mutter erstochen!“, erklärte Andy Lea Weinheim, deren Gesicht beim Anblick des Dolches erstarrte.

„Wie, wie?“, stotterte sie, und erst jetzt wurde Gerd klar, dass ihr noch niemand gesagt hatte, wie genau ihre Mutter ums Leben gekommen war. Schnell nahm er das Bild an sich und hielt es Herrn von Frickenstein vor die Nase.

„Schauen Sie noch einmal genau!“, bat er. „Wir wissen, dass Ihr Vater den Dolch niemals verkauft hätte. Er muss zu Ihrem Erbe gehört haben.“

Von Frickenstein ließ sich in einen Sessel fallen. „Ich habe mich nie dafür interessiert“, stammelte er. „Meine Frau und mein Bruder haben sich um die Kleinigkeiten gekümmert.“

„Da sind wir schon beim nächsten Thema“, hakte Andy direkt ein und nahm Gerd mit einem Grinsen das Bild ab, um es wieder in die Tasche zu schieben.

„Ihr Bruder! Ihre Tochter hat ein Kopfgeld auf einen Bernhard von Frickenstein ausgesetzt. Frage eins, ist das Ihr Bruder? Frage zwei, warum das Kopfgeld?“

Der Oberstaatsanwalt nickte nur und vergrub sich dann schweigend in den großen Sessel.

„Können Sie uns etwas dazu sagen?“ Gerd sprach Lea Weinheim direkt an. Er sah am Flackern ihrer Augen, dass sie etwas wusste, und wollte an diese verborgene Information heran.

Lea stand auf und ging zum Fenster. Sie schaute hinaus und Gerd sah, dass sie auf die Einfahrt blickte.

„Und?“, fragte er und stellte sich neben Lea.

„Bernhard von Frickenstein ist …“, Lea schüttelte den Kopf. Sie lehnte ihre Stirn gegen das Fenster und brach in Tränen aus.

„Herr Oberstaatsanwalt, was ist mit Ihrem Bruder?“, begann Andy den alten Mann im Sessel zu bearbeiten, während Gerd Lea nicht aus den Augen ließ.

„Er ist mein Vater“, stieß Lea hervor und drehte sich zu den drei Männern um. „Er hat meine Mutter vergewaltigt und ich glaube, sie wollte ihn umbringen.“

Nachdem sie das gesagt hatte, brach sie zusammen.

„Sehen Sie, was Sie angerichtet haben?“

Gerd staunte wieder darüber, wie schnell der Oberstaatsanwalt sich von Tiefschlägen erholen konnte. Er hätte Boxer werden sollen.

„Machen Sie, dass Sie hinauskommen“, schrie von Frickenstein beinahe.

Andy und Gerd sahen sich an. Sie hatten zwar noch nicht alle Informationen, die sie bekommen wollten. Aber hier waren sie, ohne dass sie sich abstimmen mussten, einer Meinung, dass weitere Fragen jetzt nicht passend waren.

Leise zogen sie sich zurück. „Wir melden uns“, murmelte Andy an der Tür.

Gerd sah sich im Foyer noch einmal um, ob die Dame des Hauses irgendwo zu sehen war. Seine Fragen gingen vor allem an sie. Und an den Bruder. Für ihn war klar, dass einer von ihnen die Fäden in der Hand hielt.

„Puh, bin ich froh, dass ich kein von und zu bin“, war das erste, was Andy sagte, als sie wieder auf dem weißen Kiesplatz standen und in das Auto stiegen.

Gerd nickte. Ehe er etwas antworten konnte, meldete sich das Funkgerät.

„Mensch, Andy, bist du auch endlich da! Erst eine Halterabfrage durchgeben und sich dann verpissen.“

Gerd lachte. Das hätte es zu seiner Zeit nicht gegeben ohne einen Anschiss vom Diensthabenden. Zufrieden lehnte er sich zurück, als im Hintergrund „Kollegen, bitte, Funkdisziplin!" erklang. Noch etwas, das sich nicht geändert hatte. Als er jedoch hörte, auf wen der Porsche zugelassen war, verging ihm das Lachen.

Ein Zufall ist einer zu viel

30. März 1987:
Erste Erfolge des neuen Polizeipräsidenten
Bereits drei Wochen nach seinem Amtsantritt kann der neue Polizeipräsident im Berchtesgadener Land auf erste Erfolge schauen. Fast 50 Kunstwerke wurden in einer abgelegenen Scheuer entdeckt. Ein Teil der ursprünglichen Eigentümer konnte bereits ermittelt werden. Allesamt jüdische Unternehmer, die deportiert wurden. „Ich bin froh, dass ich einigen Familien bereits die Erinnerung an ihre Ahnen zurückgeben konnte", erklärte der Polizeipräsident bei einer symbolischen Übergabe sichtlich bewegt.

„Man, man, man." Gerd schüttelte den Kopf. „Das ist wirklich unglaublich, was die jungen Leute uns da auftischen wollen. Zufällig wären sie über den Wain gestolpert und noch zufälliger wollten sie ihn im gleichen Haus verstecken wie Leonore von Frickenstein. Als ob es im Leben nur so von Zufällen wimmelt."

„Nun beruhige dich", bat Andy Gerd, der nicht aufhörte, vor lauter Zorn auf die Tischplatte zu klopfen. „Ich bin sicher, wir können den beiden den Diebstahl aus dem Osthaus-Museum nachweisen, dieser Zufall ist schon mal vom Tisch."

„Aber wie ist das Bild in dem Haus gelandet, in dem wir es gefunden haben? Neben der Beutekunst. Das ergibt doch alles keinen Sinn." Gerd hörte auf, den Tisch mit seinen Knöcheln zu bearbeiten, und begann stattdessen im Büro auf und ab zu gehen.

„Du machst mich echt nervös", drohte Andy nun. „Wenn du nicht sofort deinen Hintern auf den Stuhl drückst," – er grinste – „dann lasse ich dich den ganzen Tag Akten auswerten."

Augenblicklich warf sich Gerd auf den Stuhl und starrte auf das Protokoll der Aussage, die die beiden jungen Leute gemacht hatten. Die jungen Leute, die ihn von der toten Frau weggelockt hatten und mit denen er dann in Leonores Loft zusammengetroffen war.

„Nehmen wir doch mal an, es war wirklich so, wie sie sagen“, forderte Andy Gerd auf und setzte sich ihm gegenüber an den Tisch.

„Die beiden klauen das Bild. Ok, das haben sie nicht zugegeben. Tun wir mal so, als hätten sie das Bild in ihrer Schrauberwerkstatt stehen. Leonore kommt rein, weil ihr Mietwagen nicht anspringt, sieht das Bild und ist entsetzt, dass es zwischen alten Reifen und Öllappen steht. Sie bietet ihnen an, das Bild in ihrem Haus unterzubringen.“

Gerd lachte auf. „In ihrem Haus. Genau da, wo sie seit Jahren Beutekunst bunkert und den Verdacht nährt, ihr Alter sei in den Kunsthandel verstrickt, oder wie?“

Andy verdrehte die Augen. „Vergiss doch im Moment mal, wie sie an das Haus kam. Lass uns versuchen, den Faden mit den jungen Leuten zu entwirren.“

„Glaubst du echt, das ist Zufall, dass sie die Enkel des Typen, den sie in den Knast gebracht hat, trifft?“ Gerd holte schon wieder aus, um seine Wut mit einem Fausthieb auf den Tisch abzureagieren. Ein Blick Andys hielt ihn zurück.

„Ok, noch mal von vorn. Wie wäre es damit: Roland Zoschke hat seinen Enkel Sven und seine Enkelin Alina beauftragt, ein bisschen zu schnüffeln, was aus den Kunstwerken geworden ist, die er damals in der Sterbecke versteckt hat“, schlug er vor.

„Ach, das ist doch auch Schwachsinn, er hätte die Sachen doch schon längst abholen lassen können. Du hast doch Dirk Rautenberg gehört, der Knast ist ein Informationsumschlagplatz und du kriegst alles, was du brauchst“, widersprach Gerd.

„Sag mal, was sollten die beiden eigentlich für ihren Großvater herausfinden?“ Andy starrte Gerd an. Gerd starrte Andy an. Sie sprangen beide gleichzeitig auf.

„Wir Hornochsen!“ rief Gerd. Er hatte die ganze Zeit nur daran gedacht, zu klären, was die beiden mit dem Mord an Leonore zu tun hatten. Das Wesentliche hatten sie vergessen.

„Halt!“, rief Andy laut, als er am Ende des Flures die beiden jungen Leute ausmachte. „Wir haben noch eine Frage.“

Langsam drehten sich die beiden um und kamen ihnen entgegen. „Es dauert nicht lange und wir vergessen auch den Rest“, versprach Andy.

Gerd sah ihn genauso überrascht an wie die beiden Täter. „Ehrlich?“, fragten alle drei im Chor. Schließlich lachten sie.

„Wir machen es so“, versprach Andy. „Das Bild haben wir bei den anderen Bildern gefunden, woher die Tote das Bild hatte, wissen wir nicht. Wir geben es ans Osthaus-Museum zurück und damit ist der Fall geritzt.“

Gerd sah, dass er sich aber doch umsah, ob auch keiner mithörte, und war beruhigt, dass Andy den beiden einbläute, dass der Deal nur so lange galt, bis sie wieder auffällig wurden. Dann würde er auspacken.

Die beiden nickten eifrig. Gerd schmunzelte. Da hatten sie einmal einen Coup versucht, weil die junge Frau als Aushilfe im Museum mitbekommen hatte, dass die Alarmanlage in der Werkstatt defekt war. Und dann waren sie gleich in einen Schlamassel geraten, der ihnen hoffentlich eine Lehre war.

Er lachte kurz auf, als er daran dachte, dass die beiden Leonores Leiche zufällig gesehen und gedacht hatten, sie hätte den Schlüssel für das Haus mit der roten Tür bei sich. Doppelpech sozusagen. Das Diebesgut weggesperrt, Besitzerin des Schlüssels tot.

„Also, was solltet ihr für euren Großvater ausfindig machen?“ Andy sah die beiden eindringlich an. „Kommt, es muss etwas Wichtiges gewesen sein, er hat mit der bloßen Ankündigung einen Wiederaufnahmeantrag durchgekriegt."

Gerd ärgerte sich über die Bürokratie. Andy hatte längst einen Antrag auf Akteneinsicht für das Wiederaufnahmeverfahren gestellt. Aber die Mühlen der Justiz mahlen für alle gleich langsam.

„Er hat gesagt, dass er sich mit seinem Auftraggeber in einem der Häuser getroffen hat und wir die Häuser checken sollen", stieß der Junge hervor.

„Boah ey, er konnte sich nur noch an so einen blöden Fensterrahmen erinnern", schimpfte das Mädchen. „Wir sollten jeden bekloppten Fensterrahmen fotografieren. Er meinte, in dem Haus, in dem er damals war, müsste ein Papier liegen. Das er da versteckt hat. Unter dem Sims. Mit der Unterschrift des Täters. Er hat behauptet, das wäre seine Versicherung."

Gerd sah die beiden an. „Das ist jetzt nicht euer Ernst, oder?"

Die beiden sahen ihn so unglücklich an, dass ihm klar wurde, dass ihr Großvater genau das von ihnen verlangt hatte. „Und warum hat er das nicht schon früher verlangt?"

Der Junge sah ihn an. „Meine Eltern wollten nicht, dass ich ihn besuche. Erst als ich volljährig war, durfte ich einen Besuchsantrag stellen. Vor einem dreiviertel Jahr."

„Aber warum hat er das nicht der Polizei, einem Anwalt oder Ihren Eltern gesagt?" Andy kam aus dem Kopfschütteln nicht heraus. So etwas gab es doch nicht.

„Die haben ihm nicht geglaubt und alle dachten, die Häuser wären abgerissen. Dann hat er gehört, dass da jetzt auch Mechaniker sind und versucht, jemanden zu finden, der die Fotos macht", erklärte das Mädchen.

„Ok. Ab sofort kümmern wir uns darum, ist das klar. Und haltet euch von der Sterbecke fern!" Andy gab zuerst dem Mädchen und dann dem Jungen die Hand. „Ich verlasse mich auf euch!"

Gerd war erstaunt, wie sein Nachfolger mit den jungen Leuten umging, respektvoll und autoritär, so musste man das machen. Hatte wohl doch etwas von ihm gelernt. Etwas mehr, schien ihm, denn gerade fiel ihm der Mann im Porsche wieder ein.

„Sag mal, Andy. Hat schon jemand herausgefunden, was Bernhard von Frickenstein in seinem Porsche vor der Villa wollte?“, fragte er den Soko-Leiter.

Andy Klausner schüttelte den Kopf. „Das noch nicht. Allerdings wissen wir nun, warum er in den letzten Jahren verschollen war. Er hat sich ein Pseudonym zugelegt. Thomas Bauer. Den Porsche hat er wohl noch aus einer früheren Lebensepoche. Was meinst du, sollen wir ihm so als kleine Abendandacht noch einen Besuch abstatten?“

Gerd nickte. Er musste ja nicht mehr rechtzeitig unter dem Pavillon sein, um seinen Platz zu verteidigen.

Sprachlos auf Emst

25. Oktober 2000:
Hagener Kunstwerke in Nazi-Stollen
In dieser Woche beginnen wir eine neue Serie. Wir stellen Villen vor, in denen bis Ende der 30er Jahre jüdische Familien lebten, die deportiert und deren Besitztümer von Nazis vereinnahmt wurden. Nicht alle Werke, die die Berchtesgadener Polizei sichergestellt hat, konnten bereits zugeordnet werden. Aber einige Spuren führen auch nach Hagen. Ob damit die Gerüchte um den Handel mit Beutekunst von Hagen aus ein Ende haben werden?

Andy überließ Gerd den Schlüssel für seinen Wagen. „Sonst sitzt du ja doch bloß da und trommelst gegen die Scheibe“, flachste er und boxte Gerd gegen den Oberarm.

Gerd grinste nur und fühlte sich wohl wie lange nicht mehr. Er wusste, dass der Abschluss der Ermittlungen in greifbarer Nähe lag, und wie es aussah, würden auch die letzten offenen Fragen seines ersten Falls vor 25 Jahren geklärt.

Sicher lenkte er Andys Wagen das Wasserlose Tal hinauf, bis sie Emst erreicht hatten, den Hagener Stadtteil, in dem neben dem Hohenhof, der Villa des berühmten Sohns der Stadt Karl Ernst Osthaus, noch andere schicke Häuser standen.„Wenigstens ist der Porsche hier nicht einsam“, kommentierte er die Nobelkarossen, die in den Einfahrten standen.

Andy lachte. „Pass auf, sonst bekommt mein VW noch Minderwertigkeitskomplexe.“

„Sie haben Ihr Ziel erreicht“, verkündete das Navigationssystem, das ihnen den Weg gewiesen hatte.

„Dann woll’n wir uns diesen Herrn Bauer-von Frickenstein doch mal anschauen, was?“ Gerd musste sich das Lachen verkneifen, als Andy beim Öffnen der Beifahrertür fast einen modisch gestylten Mops getroffen hätte.

„Passen Sie doch auf", hörte er eine Stimme. Er blickte durch das Fenster der Beifahrertür und verkroch sich gleich wieder, als er die Frau sah, die ihrem Mops nicht nur modisch sehr ähnlich sah.

Kichernd stieg er aus dem Auto und folgte Andy zum Eingang der Villa, die zwar vornehm aussah, aber im Vergleich zum Frickenstein-Anwesen deutlich abfiel.

Gerd war in die Betrachtung eines Steinlöwen neben der Haustür vertieft, als die Tür geöffnet wurde.

„Sie wünschen?", hörte er und sah überrascht auf.

„Thomas", rief er und starrte den Mann an, dem er erst vor wenigen Tagen die abgelaufene Eintrittskarte für das Spiel Phoenix gegen Alba überreicht hatte.

„Äh, ihr kennt, äh, Sie kennen sich?", stammelte Andy und sah von Gerd zu dem Mann in der Haustür und zurück.

„Das ist einer von meinen Straßenkollegen", antwortete Gerd, ohne den Blick von diesem Thomas zu wenden, der ihm gleich komisch vorgekommen war.

„Sie wünschen?", fragte der Mann noch einmal, ohne auf Gerds Bemerkung einzugehen. Gerd sah, wie er den Rücken durchdrückte, um imposanter zu wirken. Aber ihn konnte der Typ nicht täuschen.

„Kriminalpolizei, Andy Klausner", stellte Andy sich vor. Er zögerte kurz, dann wies er auf Gerd. „Das ist mein Kollege Gerd Neubert. Wir möchten zu Bernhard von Frickenstein bzw. …". Andy suchte nach dem Zettel, auf dem er sich das Pseudonym notiert hatte.

„Thomas Bauer", vollendete Gerd den Satz und betonte das Thomas noch einmal extra deutlich, um dem Mann zu zeigen, dass er ihn nicht für dumm verkaufen konnte.

„Kommen Sie rein!", sagte der Mann in der Tür schließlich, ohne zu bestätigen, ob er nun der Gesuchte war oder nicht.

„Bitte weisen Sie sich aus!“, forderte Andy ihn nachdrücklich auf.

Gerd sah, wie der Mann zu einem Protest ansetzen wollte, dann aber aufgab und antwortete: „Ist ja schon gut, ich bin Bernhard von Frickenstein. Thomas Bauer ist sozusagen mein Berufsname.“

Gerd sah sich schnell noch einmal um, ehe er das Haus betrat. Kein Firmenschild weit und breit.

„Und welcher Beruf ist das?“, fragte er und konnte nicht verhindern, dass sich ein sarkastischer Unterton einschlich, als er ergänzte: „Penner?“

Der Mann zuckte zusammen und schloss die Tür hinter ihm.

„Ich bin Privatdetektiv. Was meinen Sie, welche Chancen man hier in Hagen als Privatermittler mit dem Namen von Frickenstein hat. Glauben Sie mir, ich habe den Namen mehr als einmal verflucht“, erklärte Thomas Bauer auf dem Weg ins Wohnzimmer. Er bot ihnen an, auf der Couch Platz zu nehmen. „Möchten Sie etwas zu trinken? Einen Kaffee, einen Drink?“

Gerd fand es mutig, Polizisten am späten Nachmittag einen Drink anzubieten, obwohl er nichts dagegen einzuwenden hatte. Aber Andy stieß ihm warnend seinen Ellbogen in die Seite. Also verneinte er.

„Wieso haben Sie sich als Penner verkleidet?“ Diese Frage brannte ihm persönlich unter den Nägeln. Auch wenn er auf dem Weg in ein neues Leben war, fühlte er sich von diesem Fatzke verraten.

Der Mann drehte ihnen den Rücken zu und goss sich einen doppelten Whiskey ein, antwortete aber nicht.

„Dann fangen wir mit den von Frickensteins an“, wechselte Andy das Thema. „Was haben Sie heute vor der Villa gemacht? Das ist doch eine leichte Frage.“

Der Mann lachte bitter auf. „Wenn ich das wüsste. Nachdem ich gehört habe, dass es Leonore war, die tot aus der

Volme gefischt wurde, war ich sicher, dass Lea kommen würde.“ Er starrte in das Glas. „Sie wissen, dass Lea meine Tochter ist?“

Andy und Gerd warfen sich einen überraschten Blick zu.

„Ja, ich habe meine Nichte damals vergewaltigt. Ich wollte das nicht, es ist einfach so über mich gekommen. Ich habe es seither jeden Tag bereut. Ich habe Leonore geliebt, als ob sie meine Tochter wäre, aber eines Nachts war da irgendetwas anders zwischen uns.“

Gerd schüttelte sich. Er hatte noch nie ein solches Geständnis bei einer Vergewaltigung gehört.

„Trotzdem haben Sie sich vor Leonore versteckt?“, warf er ein.

Thomas Bauer sah auf. „Nein, wieso?“

„Wissen Sie denn nicht, dass Ihre Nichte ein Kopfgeld auf Sie ausgesetzt hat?“, erkundigte sich Andy.

Der Mann schüttelte den Kopf. „Aber wieso denn, sie hätte mich doch nur anrufen müssen.“

Gerd verstand gar nichts mehr. „Hatten Sie denn Kontakt?“

„Nein. Ich wusste bis vor kurzem nicht einmal, dass sie lebt. Meine Schwägerin hat mir erst vor einem Jahr davon erzählt. Auch von Lea. Bis dahin ging ich davon aus, dass sie bei einem Autounfall ums Leben gekommen war.“

Andy blickte Gerd an, aber etwas anderes, als mit den Achseln zu zucken, konnte er auch nicht. Dabei war er sich so sicher gewesen, dass hier die Lösung ihres Rätsels lag.

„Fangen wir noch einmal von vorn an“, verlangte Gerd. „Was sollte diese Obdachlosen-Nummer, wenn nicht, um sich vor Ihrer Nichte zu verstecken?“

Thomas Bauer war es sichtlich unangenehm, auf diese Frage zu antworten.

„Nun sagen Sie schon, wir wollen heute noch nach Hause“, drängelte Gerd und wunderte sich, wie leicht ihm das „nach Hause“ schon wieder fiel.

„Also gut, ich wollte dich, äh, Sie ausspionieren“, antwortete Bauer-von Frickenstein. „Mein Auftraggeber meinte, Sie würden vielleicht aus dem Nähkästchen plaudern, wenn Sie etwas getrunken hätten.“

Gerd hatte langsam die Nase voll. Diese ganze Sache wurde immer verzwickter. „Wer, bitte schön, ist dein Auftraggeber?“, schnauzte er und fiel, ohne dass er es bemerkte, in das Straßen-Du zurück.

„Roland Zoschke!“, stieß Bauer-von Frickenstein hervor.

„Das glaub ich ehrlich nicht“, wetterte Andy. „Der arbeitet auch mit allen Tricks, oder? Seine Enkel zum Einbruch anleiten, einen Detektiv zum Spionieren buchen. Ich habe keinen Zweifel mehr daran, dass der damals die Ladys um die Ecke gebracht hat. Kann sein, dass er Sie jetzt mit dem Blutgeld zahlt, ok, aber trotzdem. Jetzt brauche ich auch einen Whiskey!“ Er lehnte sich in dem Sessel zurück und starrte die anderen Männer nur noch an.

„Und was wissen Sie von dem Kaliberdolch, mit dem Ihre Nichte erstochen wurde?“ Nach Andys Ausraster fühlte Gerd sich bemüßigt, den Hauptkommissar herauszukehren.

„Dolch? Sagt mir nichts!“, antwortete Thomas Bauer-von Frickenstein, während er Andy den Whiskey brachte.

„Er stammt voraussichtlich aus dem Besitz Ihrer Familie.“ Gerd kam es vor, als hätte schon der erste Schluck Andys Lebensgeister geweckt.

„Ehrlich?“ Thomas Bauer setzte sich ihnen gegenüber auf das Sofa. „Ich weiß nichts von einem Dolch.“

„Und von den Kunstwerken, die die Nazis sich unter den Nagel gerissen haben?“, schob Gerd seinen letzten Joker hinterher. Er beobachtete den Mann gegenüber genau.

Von Frickenstein wirkte ehrlich überrascht, als er erklärte: „Davon habe ich gehört, aber damit habe ich nichts zu tun.“ Er erhob sich. „War's das? Dann würde ich mich gern wieder meiner Arbeit zuwenden, ich muss für einen Auftraggeber eine umfangreiche Recherche ausführen, da brauche ich jede Minute.“

„Eine Frage habe ich noch“, bremste Gerd ihn. „Warum waren Sie an der Volme, als Ihre Nichte dort tot vorbeischwamm?“

Thomas Bauer-von Frickenstein war sichtlich verblüfft. „Ich war doch mit dir, äh, Ihnen und den anderen zusammen unterwegs. Es war reiner Zufall, dass mir die Karte aus der Tasche gefallen ist. Blöder Zufall, aber meine Tarnung wäre jetzt ohnehin aufgeflogen, oder? Kann ich endlich wieder an meine Arbeit?“

Gerd tauschte einen kurzen Blick mit Andy und nickte.

„Wir melden uns sicher wieder“, verabschiedete Andy sich. Auf der Türschwelle drehte er sich noch einmal um. „Ach übrigens“, sagte er, „ich behalte es mir vor, Sie wegen Körperverletzung mit Kies zu verfolgen. Wenn mir sonst nichts einfällt. Wegen der verjährten Vergewaltigung. Sie wissen schon.“

Mit einem triumphierenden Lächeln stieg Andy wieder auf der Beifahrerseite ins Auto.

„Ist das nun ein Arsch oder ist das ein Arsch?“, fragte er, ohne Gerd anzusehen. Einfach so in das Auto hinein.

Familienbande

19. November 1985:
Beutekunst in Hagener Villa entdeckt

Nun haben die Ermittlungen um von Nazis verschleppte Kunstwerke auch Hagen erreicht. Ein Journalist entdeckte in der Villa des Fabrikanten Karl Steinfels einige wertvolle Gemälde, die bisher als verschollen galten. Der Journalist hatte sich unter dem Vorwand, einen Artikel über Gründerzeitvillen zu schreiben, in ganz Deutschland Zutritt zu den ersten Häusern verschafft. „Erschreckend finde ich, dass die Bilder ganz offen in dem Haus hingen und anscheinend kein Besucher Verdacht geschöpft hat", kommentierte der Journalist seinen Fund. Er möchte unerkannt bleiben, weil er weitermacht. Mit einer neuen Story, denn diese ist nach dem Artikel eines großen Magazins nicht mehr tragfähig, fürchtet er.

„Wusstest du davon?" Ansgar von Frickenstein stand mit versteinertem Gesicht im Schlafzimmer seiner Frau. Seine Enkelin, die – wie er soeben erfahren hatte – auch seine Nichte war, stand hinter ihm.

Nora von Frickenstein saß auf der Chaiselongue wie ein römischer Feldherr und fächelte sich mit einem Seidenfächer Luft zu.

„Was wollt ihr?", gab sie schnippisch zurück. „Dich gäbe es doch sonst gar nicht, Lea-Kind."

Little-Lea schüttelte sich beim Klang der Stimme ihrer Großmutter. Gegen sie war ihr Großvater ein herzlicher, freundlicher Mensch. Wie gut konnte sie verstehen, dass ihre Mutter die Chance des Zeugenschutzprogramms genutzt hatte, um dieser Familie zu entfliehen. Mit ihr im Bauch. Ohne, dass sie es bereits wusste.

„Warum hast du mir nichts gesagt?“, tobte von Frickenstein und stampfte mit wütenden Schritten in das Zimmer.

„Nun beruhige dich!“ sagte Nora von Frickenstein besänftigend „Ich weiß es auch erst seit einem Jahr. Bernhard hat anscheinend nachgerechnet und mich gefragt, ob ich wisse, wer Leas Vater sei. Mein Gott, ich wusste nicht mal, das Leonore schwanger war, als sie nach London ging. Ich dachte, sie habe sich nur aus Trotz dir gegenüber auf dieses Zeugenschutzprogramm eingelassen.“ Sie fächelte sich Luft zu, um nachzusetzen: „Schließlich hast du versucht, ihr die Aussage zu verbieten.“

Ansgar von Frickenstein blieb stehen und stützte sich auf die Sofalehne. Er starrte seine Frau wütend an. „Du weißt genau, dass das zu ihrem eigenen Schutz war. Im Gegensatz zu dir wusste ich, was es heißt, ins Zeugenschutzprogramm aufgenommen zu werden. Wer hat mir denn danach die Ohren vorgeheult, ob es dem Kind auch gut gehe?“ Er lachte kurz auf. „Als ob dich das jemals interessiert hätte. Du hast dich doch immer nur um deinen eigenen Kram gekümmert. Um deine Familie. Immer diese Geheimniskrämerei. Immer konnte die Kleine sehen, wo sie blieb, wenn du mit deiner Sippschaft für Stunden verschwunden warst.“

Im ersten Moment dachte Lea, ihr Großvater redete von ihr, bis ihr klar wurde, dass er über ihre Mutter sprach. Von der Verwandtschaft seiner Frau hielt er scheinbar nicht viel. Lea konnte sich nicht erinnern, dass ihre Mutter jemals von Großeltern oder anderen Verwandten gesprochen hatte. Familie war für sie ein Reizwort gewesen.

Der Oberstaatsanwalt lachte höhnisch auf. „Und wenn du nicht mit deinem Vater verschollen warst, dann hast du doch mit deinen Freundinnen Helga Steinfels und Anette Bergfeld, Gott hab sie selig, im Café Tigges herumgesessen.“

Er drehte sich um und wollte das Zimmer bereits verlassen, wandte sich aber noch einmal seiner Frau zu und fragte mit lauerndem Blick: „Wo hast du eigentlich den alten Dolch hingeräumt, an dem mein Vater einen Narren gefressen hatte?"

Lea wusste nicht, wen sie zuerst ansehen sollte. Ihren Großvater, der nun doch von dem Dolch wusste, oder ihre Großmutter, die bei der Erwähnung des Dolches vergaß, sich Luft zuzufächeln, und die Augen zu engen Schlitzen zusammenpresste. Wie eine Katze, die ihr Opfer genau fixiert.

„Was weiß ich, was mit dem Ding passiert ist!" Fast spuckte sie den Satz aus, doch Lea sah, dass ihre Hand zitterte, als sie den Fächer wieder anhob. Sie versuchte sich zu erinnern, warum der Polizist nach dem Dolch gefragt hatte. War ihre Mutter damit erstochen worden? Ja. Sie mochte nicht weiterdenken. Das konnte nicht sein.

„Vielleicht weiß Onkel Bernhard … äh", sie stockte, weil ihr auffiel, dass sie eigentlich „mein Vater" sagen müsste. „Vielleicht weiß er, wo der Dolch ist", stieß sie schließlich hervor.

Gleichzeitig lachten ihre Großmutter und ihr Großvater höhnisch auf. Was sollte das nun wieder bedeuten?

„Wo lebt Onkel Bernard eigentlich?", erkundigte sie sich, nachdem sie beschlossen hatte, sich von ihm so weit wie möglich zu distanzieren. Ein Onkel war weit weg.

Als hätte jemand einen Vorhang gezogen und den Streit der Großeltern dahinter verborgen, verständigten die beiden sich mit Blicken. Lea sah das Kopfschütteln ihres Großvaters und ihrer Großmutter. Es war klar, dass sie ihr nicht sagen wollten, wo sie diesen Vergewaltiger finden konnte. Sie beschloss, sich an die Polizei zu wenden, die würde wissen, wo ihr Onkel lebte.

Eines musste sie aber doch noch wissen. „Hast du meine Mutter umgebracht?", fragte sie und wusste selbst nicht, wen von beiden sie damit ansprechen wollte und sollte.

Bayrische Kunstzeit

13. September 1988:
Versicherungsvertreter unter Mordverdacht
Da staunten die Gäste im Hotel Dresel nicht schlecht, als die Polizei gestern in Mannschaftsstärke am Frühstücksbüffet erschien. Die meisten konnten sich schnell entspannen, nur zwei Männer, die sich als Versicherungsvertreter eingetragen hatten, wurden abgeführt. Sie stehen im Verdacht, Helga S. und Anette B. ermordet zu haben. Nach Aussage des leitenden Ermittlers Gerd Neubert gibt es eine Zeugenaussage, nach der die vier den Abend zusammen verbracht haben.

„Frau von Frickenstein lässt uns durch ihren Anwalt wissen, dass sie sich nicht in der Lage sieht, sich unseren Fragen zu stellen“, erklärte Andy, nachdem er den Telefonhörer geräuschvoll aufgelegt hat.

„Ach, ist Madame wieder einmal unpässlich, was?“, spottete Gerd. „Das wäre ich an ihrer Stelle auch, wenn alle Hinweise auf mich deuten würden.“

„Übertreib’ mal nicht“, bremste Andy ihn. „Ich bin auch stinkig, aber sie wird wohl kaum ihre eigene Tochter erstochen haben.“

Gerd lachte höhnisch auf. „Ich habe schon Pferde vor der Apotheke kotzen sehen und diese Madame Nasehoch war mir schon immer suspekt. Mal ehrlich, die hat den Titel nur angeheiratet. Ist auch nicht besser als diese Girlies heute, die sich hochschlafen.“

„Nun mach mal halblang“, versuchte Andy erneut Gerds Redefluss zu stoppen. Er grinste. „Nutz deine Energie doch lieber, um mehr über Madame herauszufinden.“

Auch über Gerds Gesicht breitete sich ein zufriedenes

Grinsen aus. Er zog die Akte über den Volme-Mord 1988 zu sich heran und blätterte sie flink durch.

„Das ist echt unglaublich, aber niemand hat damals die von Frickensteins durchleuchtet. Auch nicht die Familien der beiden toten Frauen übrigens", warf er Andy zu. „Deshalb habe ich das mit den Männern gar nicht mitbekommen. Nachdem die kleine Frickenstein ihre Aussage gemacht hatte, war für alle alles klar."

Er warf die Akte wütend auf den Tisch. „Wie hat Rautenberg das so schön gesagt: Die Obermotze haben sich eins ins Fäustchen gelacht."

Andy schob ihm einige Seiten über den Tisch, die er während Gerds Monolog ausgedruckt hatte. „Da hast du schon mal was. Gleich kommt mehr."

„Nora Pfahlhuber", las Gerd laut vor. „Geboren 1948 in Berchtesgaden, dort wohnhaft bis 1964, mittlere Reife, Ausbildung als Industriekauffrau bei Brandt Zwieback. 1968 Hochzeit mit Ansgar von Frickenstein." Er stieß einen leisen Pfiff aus. „Da war sie aber noch ganz schön jung, mein Lieber!" Als Andy nicht antwortete, fuhr er fort. „1970 Geburt einer Tochter."

„Danach war sie nur Hausfrau und Lady Charming, was?", grummelte Gerd und suchte auf den anderen Ausdrucken nach weiteren Informationen.

„Ah, guck an, sogar die Kunst-Kurse bei der VHS, die sie besucht hat, haben wir in unseren Akten. Ts, ts, wenn das die Datenschützer heute wüssten."

Keine Bemerkung von Andy, das kam ihm nun doch komisch vor. „Andy? Bist du noch da?", fragte er über den Tisch, doch sein Vorgesetzter winkte unwillig ab.

„Dann nicht." Gerd zog sich zurück und studierte einen Artikel über den Kulturbund, den Nora von Frickenstein vor einigen Jahren gegründet hatte, um junge Hagener Künstler zu fördern.

„Ich glaube, ich habe eine Spur gefunden", unterbrach Andy Gerds Grübeleien. „Guck dir das an." Er wedelte mit der Hand über den Drucker, als könnte er ihn antreiben, und riss beinahe das Blatt ab. „Guck bitte unter P wie Pfahlhuber."

Gerd las zunächst die Überschrift. „Personen, die unter dem Verdacht stehen, an der Plünderung des Nazi-Stollens beteiligt gewesen zu sein." Dann überflog er die Namen, bis er den Buchstaben P erreichte. „Pfahlhuber, Eduard."

Er legte das Papier beiseite und blätterte in den Ausdrucken über Nora von Frickenstein.

„Du hast Recht", jubelte er. „Das ist es. Eduard Pfahlhuber ist ihr Vater."

Andy nickte. „Laut Aussagen einiger Nachbarn war er der eifrigste Sammler unter den Plünderern. Als man jedoch sein Haus auf den Kopf stellte, war von Beutekunst weit und breit nichts zu sehen."

„Weil die schon längst in der alten Munitionsfabrik eingelagert war. Hinter der roten Tür!" Gerd sprang auf. „Worauf wartest du noch. Dazu soll uns die gnädige Frau doch etwas sagen. Zumal über ihr ohnehin noch der Dolch schwebt, von dem niemand in der Familie etwas wissen will."

Andy lachte. „Du und deine Sprüche. Ich kann dir sagen, worauf ich warte. Auf den Bericht der Spurenjungs, die ich samt all ihren Praktikanten ins Sterbecker Tal geschickt habe. Rate mal, mit welchem Auftrag."

„Fenster fotografieren", antwortete Gerd mit einem breiten Grinsen. „Auf das Ergebnis warte ich doch gern. Und was machen wir bis dahin?"

Ehe Andy antworten konnte, ging die Tür auf und ein Kollege stürmte herein. „Mensch, Gerd, du musst einem doch sagen, wenn du dir Post schicken lässt. Ich latsche jetzt seit Tagen durchs Haus und keiner weiß, dass du wieder hier bist."

„Hättest du den Präsidenten gefragt", meinte Andy trocken und sah neugierig auf den Briefumschlag, den der Kollege in der Hand hielt. „Lässt du dir deine Liebesbriefe hierher schicken?“, flachste er.

Der Kollege schmunzelte, als er Gerd den Umschlag überreichte. „So Unrecht hat Andy nicht. Die Handschrift sieht wirklich nach einer Frau aus.“

Gerd riss ihm den Umschlag aus der Hand. „Hauptkommissar Gerd Neubert, persönlich“, las er. „Da ist wohl jemand nicht auf dem neusten Stand“, stellte er fest und drehte den Brief. „Kein Absender.“

„Soll ich checken lassen, ob eine Bombe drin ist?“, bot der Kollege an. „Ich dachte, da du sowieso nicht im Dienst bist, wird dir auch keiner eine schicken“, entschuldigte er sein Versäumnis.

„Ach was!“, winkte Gerd ab. „Wer mir etwas tun will, muss nur einmal nachts mit dem Messer zustechen.“ Er schüttelte sich. Darüber hatte er zum Glück nie nachgedacht, als er noch unter dem Pavillon schlief. Rasch öffnete er den Umschlag und zog zwei dicht beschriebene Blätter heraus. Die Handschrift war ihm gänzlich unbekannt. Sie wirkte, als hätte jemand unter Zeitdruck geschrieben.

Er wendete das Blatt. Auch hier kein Zeichen, das auf einen Absender hindeutete. Kein Hotellogo und keine Initialen. Als er die Blätter auseinander schob, stockte sein Atem.

Post von einer Toten

14. August 2013:
Selbstanzeige aus Adelskreisen
Heute ist es wieder einmal so weit, wir haben eine Information erhalten, von der wir nicht wissen, wie wir damit umgehen sollen. Der 57-jährige Bernhard F. hat sich selbst angezeigt, weil er vor 25 Jahren eine junge Frau vergewaltigt hat. Die Tat ist inzwischen verjährt, doch der Täter besteht auf einer Strafe. Noch ist die Staatsanwaltschaft unsicher, wie sie in einem solchen Fall verfahren soll.

„Das hätte ich von diesem Bauer alias von Frickenstein nicht erwartete, dass er sich selbst anzeigt." Andy starrte auf die Information, die soeben durchgegeben wurde.

„Er wusste doch, dass die Tat verjährt ist", schnaubte Gerd. „Da kann ich mich auch der Polizei stellen. Wirklich eine tolle Idee."

Die beiden sahen sich ratlos an. „Bei Vergewaltigung gibt es für mich kein Pardon!", sagte Gerd dann. „Mir tut nur seine Tochter-Nichte leid. Mit so etwas zu leben ist heftig."

Andy schwieg. Was sollte er dazu auch sagen. Er sah sich auf dem Schreibtisch um, was als nächstes zu tun war.

„Mensch, Gerd", sein Blick fiel auf den Brief, den Gerd achtlos beiseitegelegt hatte, nachdem Lea Weinheim sie angerufen hatte. Ihre Großeltern waren aufeinander losgegangen und sie sah keine andere Lösung, als Hilfe zu holen. Als sie eintrafen, hatten sich die beiden Streitenden in ihre Zimmer zurückgezogen und Lea saß im Wohnzimmer und entschuldigte sich mehrmals. Sie hatte ihnen von dem Brief ihrer Mutter erzählt und wollte unbedingt wissen, wo ihr Onkel-Vater sich aufhielt. Nach einigem Zögern hatten sie ihr die Adresse gegeben und sie dorthin begleitet. Es war eine schwere

Begegnung gewesen, die, so vermutete Gerd, zu der Selbstanzeige Bernhard von Frickensteins geführt hatte.

„Was steht eigentlich in dem Brief der Toten und warum hat sie ausgerechnet dir einen Brief geschrieben?", unterbrach Andy Gerds Gedanken und streckte den Arm nach den mit der Hand geschriebenen Blättern aus.

Gerd riss den Brief an sich wie einen wertvollen Schatz. Den hatte er völlig vergessen. Nach dem Treffen zwischen Lea und Bernhard von Frickenstein waren sie gleich zu Andy gefahren.

„Ich nehm ihn dir schon nicht weg!", frotzelte Andy. „Aber du musst ihn noch zum Schriftvergleich und zum Spurencheck an die KTU geben."

Gerd verzog unwillig das Gesicht. „Sie hat mir geschrieben, weil sie sich daran erinnert hat, dass ich ihr damals als einziger wirklich zugehört habe. Ihr Vater hat ständig versucht, sie an der Aussage zu hindern, und ihre Mutter war kaum zu Hause." Er stoppte seinen Bericht und sah Andy an. „Findest du das merkwürdig? Dann hör dir das mal an."

„‚Lieber Herr Neubert', bla bla, ‚ich habe lange überlegt, wem ich die ganze Wahrheit schreibe. Ich habe Angst, dass meine Tochter in Gefahr gerät, wenn sie sie kennt, und hoffe, dass Sie Lea schützen können, sollte mir etwas zustoßen.'"

Gerd blickte von dem Brief auf, um zu prüfen, ob Andy ihm auch wirklich zuhörte. „Jetzt kommt's. ‚Ich weiß, dass Sie bei dem Mord an Helga und Anette auch den Verdacht hatten, dass ein Kunsthändler-Ring oder etwas Ähnliches dahinter steckte. Sie hatten Recht und sind der Lösung schon sehr nahe gekommen. Es hatte wirklich jemand aus der Familie von Frickenstein damit zu tun. Das wusste ich längst, aber zeigt man seine eigene Mutter an?'"

Mit einem triumphierenden Grinsen blickte Gerd seinen ehemaligen Mitarbeiter und heutigen Vorgesetzten an.

„Du meinst, sie meint, ihre Mutter ist in diese Kunst-Nummer verwickelt?" Andy starrte Gerd ungläubig an.

„Das ist ja wohl klar wie Kloßbrühe, oder etwa nicht?“ Ohne eine Antwort abzuwarten, vertiefte Gerd sich wieder in den Brief. „Als ich mich bei Ihnen meldete, weil ich die beiden Männer mit Helga und Anette gesehen habe, wusste ich nicht, dass die Männer zu der Kunstbande meiner Mutter gehörten.“

Andy schnaufte und warf sich in den Sessel. „Kannst du nicht schnell die Soko-Leitung übernehmen?“, bat er. „Das ist mir echt eine Nummer zu groß.“

Gerd lachte. „Da wächst du rein“, meinte er nur und überflog den Rest des Briefes. Wieder und wieder schüttelte er den Kopf. „Unglaublich“ oder „Nicht zu fassen“, stieß er zwischendurch hervor und brachte Andy dazu, sich immer weiter über den Tisch zu beugen und Stellen in dem Brief zu erhaschen.

„Also.“ Gerd lehnte sich zurück. „Leonore von Frickenstein ist bei ihrer Arbeit in London zufällig auf alte Zeitungsartikel über die NS-Beutekunst und Berchtesgaden gestoßen. Etwas in den Artikeln hat sie an ein Erlebnis aus der Kindheit erinnert. Sie wusste nicht, was, aber sie beschloss, inkognito nach Hagen zu kommen und hier zu recherchieren. Über einen Mittelsmann hat sie die Wohnung auf den Namen ihrer neuen Identität kaufen lassen.“

„Ich ziehe um nach England, wenn die da so viel verdienen“, warf Andy ein und duckte sich rasch unter Gerd strafenden Blick weg. „Sorry, ab jetzt höre ich nur noch zu.“

„Brauchst du nicht!“ Gerd ging aber doch auf seine indirekte Frage ein. „Über einen Anwalt in Deutschland hat sie die ganzen Jahre Unterhalt für ihre Tochter bekommen und das Geld hat sie in die Wohnung investiert. Und nun rate mal, wer das Geld überwiesen hat?“

Andy verdrehte die Augen. „Lass diese Ratespiele und sag schon.“

„Der feine Herr Papa! Er hat wohl doch mehr Herz, als er zeigt, denn dass die Kleine von seinem Bruder war, wusste er sicher nicht, oder?" Gerd sah Andy fragend an und wartete, bis der den Kopf schüttelte, um dann fortzufahren. „Um es kurz zu machen, sie hat sich umgehört, recherchiert und versucht, den Vater ihres Kindes zu finden." Er schaute Andy an. „Den wollte sie übrigens wirklich um die Ecke bringen und hatte – Ironie des Schicksals – daran gedacht, ihn mit einem Messer zu erstechen und in die Volme zu werfen."

Andy schüttelte sich. „Hör auf. Das hast du dir ausgedacht!"

Gerd zog nur die Schultern hoch. „Das steht hier. Übrigens auch, dass sie sicher ist, dass ihre Mutter den Mord an ihren beiden Freundinnen in Auftrag gegeben hat. Anscheinend haben sie sie – im Beisein der kleinen Leonore – einmal gefragt, warum sie so oft mit einem Mann in der Sterbecke unterwegs sei. Das war ihr Todesurteil. Sage ich jetzt."

„Dann werden wir uns diese Dame endlich einmal vorknöpfen." Andy grinste und griff zum Telefonhörer. „Petra, kannst du uns zu einer Vernehmung begleiten?", hörte Gerd ihn wenig später fragen. Was sollte die Gerichtsmedizinerin bei dem Gespräch mit den von Frickensteins?

„Und dann?", wollte Gerd wissen, nachdem Andy den Hörer aufgelegt hatte und ihm verkündete, dass sie Petra Meister in fünf Minuten abholen würden.

„Dann fahren wir in Begleitung einer Ärztin zu Madame von Frickenstein und werden schon sehen, ob sie sich wieder mit Migräne zurückziehen muss."

Gerd starrte Andy voller Bewunderung an. „Mensch, du hast dich aber echt entwickelt", lobte er ihn aus tiefstem Herzen. „Auf die Idee bin ich vor 25 Jahren nicht ein einziges Mal gekommen. Dann lass uns hören, was die Gemahlin unseres Oberstaatsanwalts a. D. zu sagen hat."

Pfeifend ging er über den Flur und hörte zum Ärger von Andy Klausner und Petra Meister erst mit dem Pfeifen auf, als sie vor der Tür der Villa von Frickenstein standen.

Letzte Klarheit

1. September 2013:
Gerd Neubert zurück im Polizeidienst

Selten hat ein erster Arbeitstag bei allen Betroffenen solche Freude ausgelöst. Mit einer kleinen Feierstunde begrüßte die Mordkommission ihren neuen, alten Kollegen Gerd Neubert zurück in ihren Reihen. Nach fünf Jahren in einer Zwischenwelt, wie er selbst sagt, hat er schon bei der Aufklärung des neuen Volme-Mordes hervorragende Arbeit geleistet. Und er ist wieder auf den Geschmack gekommen. Ab heute nimmt er zunächst einen Platz in der Mordkommission ein. „Ich muss nicht gleich wieder Chef werden", erklärte er und wirkte rundum zufrieden. „Andy Klausner ist ein fähiger Mann, mit dem ich gern zusammenarbeite." Das ist echter Sportsgeist von einem, der auch andere Tage gesehen hat.

Es war Lea Weinheim, die Gerd Neubert, Andy Klausner und Petra Meister die Tür öffnete.

Fast hätte Gerd gelacht, als sie ihnen erklärte: „Meine Großmutter ist indisponiert." Er sah ihrem Gesicht an, dass sie diesen Satz nur widerwillig zustande brachte.

„Das kennen wir schon", erklärte er ihr und zwinkerte ihr zu. „Wir haben extra eine Ärztin mitgebracht, die wird Ihre Großmutter durchchecken. Dann sehen wir, wie indisponiert sie ist." Er dachte an die Bemerkung von Leas Mutter in ihrem hektischen Abschiedsbrief: Meine Mutter hat sich immer krank gestellt, wenn es Probleme gab. Heute weiß ich, dass sie nach meiner Übersiedlung nach London allen Grund zur Depression hatte. Schließlich trug sie indirekt die Schuld daran, dass ich die Familie verlassen musste, weil sie den Auftrag zum Mord an ihren Freundinnen erteilt hat.

„Bitte führen Sie mich zu Ihrer Großmutter“, bat Petra Meister Lea. Die junge Frau wirkte fast erleichtert, dass die Beamten ihr die Verantwortung abnahmen.

„Hat meine Enkelin Ihnen nicht gesagt, dass ich nicht zu sprechen bin?“, herrschte Nora von Frickenstein Gerd, Andy und Petra an, als diese das Schlafzimmer der alten Frau betraten.

„Frau Meister ist Ärztin“, erklärte Andy Klausner ruhig. „Sollte es Ihnen schlecht gehen, wird sie gleich eingreifen.“ Er machte eine kurze Pause und fügte dann mit einem süffisanten Lächeln hinzu: „Aber Ihre Stimme ist ja noch ganz kräftig, und mehr brauchen wir heute gar nicht.“

„Eine Unverschämtheit“, tobte Nora von Frickenstein und drehte ihnen den Rücken zu.

Gerd sah, wie Lea fassungslos den Kopf schüttelte. Er ahnte, welche Gedanken sie beschäftigten. Auch er konnte sich nur wundern, wie rasch sich ein Mensch verwandeln kann, wenn er in Bedrängnis gerät. Langsam ging er um Nora von Frickenstein herum zum Fenster. Er stellte sich so, dass sie entweder ihn ansehen musste oder Andy, der hinter ihr stand.

Mit einem festen Blick in ihre Augen zog er den Brief von Leonore von Frickenstein aus der Tasche. „Darf ich Ihnen vorlesen, was Ihre Tochter von Ihrer Krankheit gehalten hat?“, fragte er und zitierte Leonores Bemerkung über die Krankheit.

„Woher haben Sie den Brief?“ Mit wenigen Schritten war Lea neben ihm. „Der ist ja von meiner Mutter“, sagte sie. „Das ist eindeutig ihre Schrift. Etwas fahrig und unordentlich, aber es ist ihre Schrift.“

Gerd Neubert nickte. „Ja. Sie hat mir den Brief wenige Tage oder Stunden vor ihrem Tod geschickt, weil sie Sie nicht mit einer Geschichte belasten wollte, die vor Ihrer Geburt geschah. Nicht wahr, Frau von Frickenstein?“ Er beugte sich vor zu der Frau des Oberstaatsanwaltes, die versuchte, ihren

Blick abzuwenden. Doch wohin sie auch blickte, standen Menschen, die sie fragend anstarrten.

„Ich bin krank“, beharrte die alte Frau, deren Falten Gerd plötzlich auffielen.

„Am besten fangen wir von vorne an“, schlug Andy vor und setzte sich auf das Bett, als hätte ihm Nora von Frickenstein einen Platz angeboten.

„In Berchtesgaden 1945. Drei Jahre vor Ihrer Geburt, als Ihr Vater mit anderen Bürgern das Kunstlager von Hermann Göring in dem Stollen plünderte.“

Gerd bemerkte, wie Nora von Frickenstein bei Andys Erklärung leicht schwankte. Er sah seinen Kollegen an, doch der fuhr ungerührt fort.

„Viele Jahre konnten diese Bilder in der Wohnstube Ihrer Eltern lagern, nicht wahr? Ja, wir haben unsere Hausaufgaben erledigt. Es gibt Nachbarn, die erinnern sich noch an die beiden Katzen, die wir jetzt in der Sterbecke gefunden haben.“ Andy Klausner übergab Gerd mit einem Blick das Wort.

„Jetzt, 25 Jahre, nachdem deswegen Ihre Freundinnen Helga Steinfels und Anette Bergfeld sterben mussten! Sie hatten sie in der Sterbecke gesehen und wollten wissen, was sie dort taten. Das mussten Sie verhindern, oder?“ Gerd ging auf Nora von Frickenstein zu. Aus den Augenwinkeln sah er das versteinerte Gesicht von Lea Weinheim. Gern hätte er ihr die ganze Geschichte erspart. Aber er wusste aus eigener Erfahrung, dass es besser war, die Wahrheit zu kennen, als hinter jedem Menschen den Mörder der Liebsten zu vermuten.

„Ihre Tochter ist Ihnen auf die Schliche gekommen. Ausgerechnet Ihre Tochter, obwohl Sie die Bilder 25 Jahre nicht angerührt haben. Aus Angst oder weil Blut an ihnen klebte?“, fragte er und ging vor Nora von Weinheim in die Hocke, damit sie ihn ansehen musste.

Er lachte. „Apropos kleben. Das hätten Sie nicht gedacht, dass wir tatsächlich Ihr Autogramm auf einem Zettel unter dem Fenstersims eines der Häuser finden würden, was? Eine verrückte Idee von Ihrem Komplizen. Dumm nur, dass er nach so langer Zeit jemanden gefunden hat, der für ihn die Simse absucht. Dieses Mal haben die Kollegen der Spurensicherung ganze Arbeit geleistet."

Nora von Frickenstein warf sich herum und verbarg ihr Gesicht in den Händen. „Lassen Sie mich", hallte es dumpf zwischen den Fingern hervor. „Ich bin eine alte, kranke Frau. Lassen Sie mich in Ruhe!"

„Aber nicht alt und krank genug, um Ihre Tochter zu erstechen!", rief er.

Lea Weinheim drehte sich weg.

„Sie haben sie in die Sterbecke gelockt und dort überrascht", fuhr Andy Klausner fort. „Es ist nicht immer gut, wenn man mit dem Taxi fährt, wissen Sie? Es war eine Fleißarbeit, aber wir haben den Fahrer ausfindig gemacht, der Sie zum Gelände der Munitionsfabrik gefahren hat."

„Ja, und dann gab es da überall Fingerabdrücke. So viele Fingerabdrücke. Ich bin sicher, dass es Ihre Spuren sind, die dort hinterlassen wurden", erklärte Gerd. Ihnen hatten nur Vergleichsabdrücke gefehlt, aber es gab dieses Mal so viele eindeutige Spuren und den Brief von Leonore von Frickenstein, dass die Fingerabdrücke nur noch das Tüpfelchen auf dem I waren.

„Wollen Sie uns nicht erzählen, wie es wirklich war?", mischte sich Petra Meister mit sanfter Stimme ein. Sie ließ sich langsam neben Nora von Frickenstein nieder. „Oder Ihrer Enkeltochter?"

Nora von Frickenstein richtete sich auf. „Mit ihr hat doch alles angefangen!", schrie sie und sprang auf.

Gerd gelang es gerade noch, sich zwischen die alte Frau und ihre Enkelin zu werfen. „Wenn du nicht gewesen wärst, wäre Leonore doch gar nicht zurückgekehrt. Aber dann stand sie plötzlich vor der Tür und fragte mich nach Bernhard. Sie erzählte mir, dass er sie vergewaltigt hatte. Ich wusste das wirklich nicht. Sie erkundigte sich, ob es sein könnte, dass er mit meinem Vater einen Handel von NS-Beutekunst betrieben hat."

Sie setzte sich gerade auf das Liegesofa. „An meiner Reaktion hat sie gemerkt, dass Bernhard nichts damit zu tun hatte. Sie glaubte noch, dass ihr Vater in die Geschäfte verwickelt war. Dann kam sie eines Tages und behauptete, sie sei in Berchtesgaden gewesen und habe einen ehemaligen Mitarbeiter meines Vaters getroffen, der ihr berichtet habe, wie es wirklich war."

Sie stand auf. Gerd, Petra und Andy umringten sie.

„Lassen Sie mich", bat Nora von Frickenstein, und Gerd hörte am Klang ihrer Stimme, dass sie den Kampf aufgegeben hatte.

„Ich wollte sie nicht töten, aber sie hat gedroht, alles der Polizei zu erzählen." Sie sah Gerd an. „Sie kannte sogar noch Ihren Namen. Das musste ich doch verhindern. Der Name von Frickenstein muss doch geschützt werden. Niemand darf den Namen in den Schmutz ziehen. Der Name." Der Name, das wiederholte sie stets aufs Neue. Mehr war aus ihr nicht mehr herauszubekommen. Widerstandslos ließ sie sich von Petra Meister wieder zum Sofa führen und in die Augen sehen.

„Ich kann nicht sagen, was mit ihr ist. Ob sie Medikamente genommen oder einen Schock hat. Das Beste ist, wir bringen sie ins Krankenhaus." Sie sah Lea Weinheim an. „Möchten Sie mitkommen?"

Lea schüttelte den Kopf. „Lieber besuche ich meine Mutter im Leichenschauhaus als meine Großmutter im Krankenhaus", erklärte sie mit zitternder Stimme und ging aus dem Zimmer.

„Das arme Mädchen", murmelte Gerd und folgte ihr, nachdem Andy Klausner ihm einen Wink gegeben hatte.

„Kommen Sie, wir erklären Ihrem Großvater, was geschehen ist“, bat er Lea leise, als er sie auf dem Flur einholte.

„Grandpa!“, schluchzte Lea leise. Gerd verstand sie gut. Ansgar von Frickenstein war kalt und wenig sympathisch. „Er hat die ganzen Jahre Unterhalt für Sie gezahlt.“ Gerd war froh, dass ihm doch noch etwas Positives über den Oberstaatsanwalt einfiel.

„Ehrlich?“, fragte Lea und sah ihn aus verweinten Augen an. „Dann bin ich ihm vielleicht doch wichtig“, flüsterte sie, und in ihren Blick schlich sich genau der gleiche Hoffnungsschimmer, den Gerd am Morgen im Spiegel von Andys Badezimmerschrank in seinen eigenen Augen gesehen hatte.

Nachwort

von Birgit Ebbert

Jedes Buch hat eine Geschichte. Manche werden erzählt, andere werden verschwiegen. Hier ist die Geschichte dieses Buches.

Alles begann mit einem Foto, das ich bei Facebook hochlud. Eine Baustelle am Sonntag und mittendrin zwei Bauhelme. Meine Bemerkung dazu: „Und als Krimi-Autorin frage ich mich, ob an den Schutzhelmen die Bauarbeiter noch dranhängen."

Bernd Hoffmann, Administrator der Gruppe „Du bist ein Hagener, wenn …" hat daraufhin gepostet: „Der Polier betrat den frischen Beton. Viel zu spät bemerkte er, dass der Boden unter ihm nachgab. Unendlich langsam rutschte er tiefer und tiefer. Keiner hörte seine verzweifelten Rufe. Um diese Uhrzeit ist nämlich noch niemand in Hagen unterwegs …" und fragte, ob ich Lust hätte, in der Facebook-Gruppe mit den Hagenern einen Krimi zu schreiben.

Da ich für Experimente rund ums Schreiben immer zu haben bin, habe ich zugesagt und am 17. März 2013 die ersten drei Sätze eingestellt. Dann bin ich gemütlich zu meiner Mutter ins Münsterland gefahren, weil ich dachte, es werde sicher einige Zeit vergehen bis zu den ersten Kommentaren. Falsch gedacht. Als ich abends zurückkam, gab es bereits um die hundert Kommentare und die ersten fünf Seiten des Krimis.

Nach vier Wochen waren es schon 50 Manuskriptseiten. Doch dann gingen die Ideen immer weiter auseinander, sodass selbst ich den Überblick verlor. Inzwischen waren es 65 Manuskriptseiten, und die kann keiner zwischendurch mal eben lesen, um einen Beitrag zu verfassen.

Ganz ehrlich, ich habe nicht damit gerechnet, dass die Story der Gruppenmitglieder so lang würde. Als ich die ersten Sätze einstellte, habe ich mir einen Kurzkrimi von 20 oder 30 Seiten vorgestellt. Dann schrieb die Westfalenpost plötzlich von einem Roman. Da wurde mir so richtig klar, auf was ich mich eingelassen hatte. Ich musste die Ideen entwirren, sortieren und zu einem sinnvollen Ende bringen.

Nachdem der Klartext Verlag dann interessiert war, den Roman zu veröffentlichen, wurde es ernst. Ich musste in dem Motiv- und Täter-Kaleidoskop DAS Motiv und DEN Täter auswählen, die die Ermittler am Ende zur Lösung bringen.

Apropos Ermittler. Um das Chaos so klein wie möglich zu halten, hatte ich von Anfang an meinen Hagener Ermittler Gerd Neubert im Kopf. Mit potenziell 18.000 Gruppenmitgliedern, die gleichzeitig ihre Ideen posten, einen Ermittler, mehrere Verdächtige und Motive zu entwickeln – das Abenteuer war mir doch zu groß. Zu Recht, wie sich dann ja auch gezeigt hat. Dank Gerd gab es einen roten Faden, der Rückblenden erlaubte und neue Blicke auf Hagen.

Für den Anhang kam mir Kommissar Zufall zu Hilfe. Während ich an der Überarbeitung saß, veröffentlichte der Wochenkurier eine Liste der 100 Top-Touristenziele in Deutschland. Hagen war nicht darunter, also habe ich die Gruppenmitglieder gefragt, welches ihre 100 Top-Touristenziele in Hagen sind. Es kamen viele Hinweise, die ich mit Unterstützung einiger Mitglieder zusammengefasst habe.

Nun bin ich gespannt, was die Co-Autoren, die Gruppenmitglieder und die Hagener zu dem Krimi sagen werden.

Ein herzliches Dankeschön geht an die Gruppenmitglieder, die fleißig mitgeschrieben haben. Ich habe alle gefragt, ob sie erwähnt werden möchten, einige wollten es, andere nicht, manche sind im Facebook-Nirwana verschollen oder haben nicht geantwortet, sodass ich hier auch im Namen von Bernd Hoffmann stellvertretend danke:

Natascha Douven, Wim Falkenroth, Susanne Grams, Olli Grosch, Thomas Kaplon, Kuraz, Patti Kurz, Angelika Metzke, Sylvia Niebert, Dirk Pooten, Barbara Schwabegger, Cornelia Vosshall, Beh Weh.

Auf eines möchte ich noch hinweisen, um möglichen Fragen vorzubeugen. Den Autoren-Vertrag haben Bernd Hoffmann und ich unterschrieben. Wir haben vereinbart, das Honorar dem Muschelsalatretter e. V. zu spenden, und dies auch beim Verlag hinterlegt. Das schien uns die sinnvollste Lösung. Und da ich gefragt wurde, warum ich mich für das Projekt engagiere, auch hier die Antwort: Weil es mir Spaß macht, auf diese Weise dazu beizutragen, den Blick auf versteckte Besonderheiten Hagens zu richten.

100 Top-Touristenziele in Hagen

1 AllerWeltHaus Hagen
2 Altenhagener Brücke / Sehnsucht nach Ebene 2
3 Altes Bahnwärterhaus in Haspe
4 Alte Synagoge Hohenlimburg
5 Arbeitersiedlung Walddorfstraße
6 Bahnhof Dahl
7 Berliner Platz
8 Bismarckturm
9 Blaue Säule
10 Bronzen Hagener Persönlichkeiten von Uwe Will
11 Bürgerhäuser und Villen „Im Weinhof“
12 Buschey-Friedhof
13 Christuskirche in Eilpe
14 Denkmal Hasper Kirmesbauer
15 „Die Kniende“ von Ivo Beucker
16 Dorfkirche / ev. Kirche Dahl
17 Drei-Kaiser-Brunnen auf dem Bodelschwinghplatz
18 Eduard-Müller-Krematorium
19 Elbershallen
20 Emil Schumacher Museum
21 Eugen-Richter-Turm
22 Eversbusch / Wachholderhäuschen
23 Ev. Kreuzkapelle und Pfarrhaus / Kaiserstr.
24 Femelinde vor dem Haus Hof Rumscheid
25 FernUniversität
26 Figuren am alten Rathaus / Rathausturm
27 Freiherr-vom-Stein-Turm / Kaisberg
28 Freilichtmuseum Hagen
29 Funcke-Park
30 Gerichtsgebäude
31 Gipfelkreuz Hagen
32 Hamecke Park

33 Harkortsee
34 Hasper Hammer
35 Hasper Talsperre
36 Haus Dahl
37 Haus der Ruhrkohle (ehemalig) / Gerichtsviertel
38 Haus Harkorten
39 Haus Ruhreck
40 Hengsteysee
41 Historisches Centrum / Stadtmuseum Hagen
42 Hohenhof
43 Innenstadt
44 Ischeland-Teich
45 Johanniskirche
46 Kaiser-Friedrich-Turm
47 Kaltwalzmuseum im Schloss Hohenlimburg
48 Kartbahn
49 Kulturzentrum Pelmke
50 Lange Riege in Eilpe
51 Marienkirche
52 Maschinenhalle der ehemaligen Harkort´schen Fabrik
53 Materé-Brunnen
54 Mataré-Mahnmal in Dahl
55 Museum für Schulkunst
56 Museum für Ur- und Frühgeschichte im Wasserschloss Werdringen
57 Osthaus-Museum
58 Papierfabrik „Oberste Mühle"
59 Pavillon im Stadtgarten
60 Planetenmodell
61 Plessen-Viadukt an der Hasper Talsperre
62 Priorlinde in Priorei
63 Reher Galgen in Hohenlimburg
64 RuheForst Philipshöhe Hagen
65 Ruhr-Viadukt Hagen-Herdecke
66 Ruine Raffenburg

67 Schloss Hohenlimburg
68 Skulpturen von Milly Seeger
69 Sprengstofffabrik Rummenohl im Sterbecker Tal
70 Springe
71 St. Bonifatius Kirche
72 St. Elisabeth Kirche
73 St. Josefs Kirche
74 St. Michael Kirche
75 Stadtgarten
76 Stadthalle
77 Stadtwald
78 Sternwarte
79 Stirnband
80 Stolpersteine
81 Theater an der Volme
82 Theater Hagen
83 Thorn-Prikker-Fenster im Hauptbahnhof
84 Villa Post
85 Volkspark mit Konzertmuschel
86 Volmehangweg
87 Volmetal
88 Vormann Brauerei in Dahl
89 Wallburg Ambrock
90 Wasserschloss Werdringen
91 Wasserturm Hagen-Haßley
92 Wasserturm in Hohenlimburg / Boeingstr.
93 Weißenstein (Kalkfelsen Holthausen)
94 Werkhof Hohenlimburg
95 Westfalenbad
96 Wildpark
97 Wildwasserpark Hohenlimburg
98 Wilhelmsplatz in Wehringhausen
99 Wippermann-Gebäude
100 Zwieback Brandt Gebäude

Ralf Blank, Stephanie Marra, Gerhard E. Sollbach (Hg.)

Hagen

Geschichte einer Großstadt und ihrer Region

Die westfälische Großstadt Hagen blickt auf eine vielfältige und weit in die Vergangenheit der Landschaft reichende Geschichte zurück. Weltweit einzigartig sind zum Beispiel die 318 Millionen Jahre alten Fossilien aus dem Steinbruch in Hagen-Vorhalle. In der Blätterhöhle in Hagen wurden dagegen 10.700 Jahre alte menschliche Überreste aus der Frühen Mittelsteinzeit entdeckt. Sie zählen zu den frühesten direkten Nachweisen anatomisch moderner Menschen im Ruhrgebiet und in Nordrhein-Westfalen.

Im Frühmittelalter setzte die schriftliche Überlieferung ein. Der Raum Hagen gehörte zunächst zur kölnischen Herrschaft Volmerstein, seit dem 14. Jahrhundert zur Grafschaft Mark und später zum Königreich Preußen. Die Grafschaft Limburg lag seit dem 13. Jahrhundert im Osten des heutigen Stadtgebiets und war bis 1808 ein von der Mark und Preußen unabhängiges Territorium.

Das an den Flüssen Ruhr, Lenne, Volme und Ennepe gelegene heutige Stadtgebiet ist das Ergebnis mehrerer Eingemeindungen zwischen 1876 und 1975. In der Frühen Neuzeit vollzogen sich wichtige historische Prozesse. Sie legten die Grundlagen für die weitere Entwicklung in der gesamten Region.

Im Verlauf des 19. Jahrhunderts stieg Hagen zur führenden Stadt im märkischen Gewerbegebiet auf. Entscheidend dafür war die verkehrsgünstige Lage am Schnittpunkt wichtiger Fernstraßen, dann der frühe Anschluss an die Eisenbahn und schließlich die Industrialisierung.

Im Zweiten Weltkrieg wurde die Innenstadt durch Luftangriffe fast vollständig zerstört. Der Wiederaufbau und das „Wirtschaftswunder", seit den 1970er Jahren die Stahlkrise und der Strukturwandel bestimmten die Nachkriegszeit.

Zu Beginn des 21. Jahrhunderts orientiert sich die Stadt neu, um ihre Funktion als Oberzentrum zu erfüllen. Das Buch ist die erste zusammenfassende Darstellung dieser historischen Entwicklung Hagens und ihrer Region.

Ralf Blank, Stephanie Marra, Gerhard E. Sollbach (Hg.)

101 historische Schätze in und um Hagen

Das LWL-Freilichtmuseum für Handwerk und Technik, der Jugendstil-Hohenhof, das romantische Wasserschloss Werdringen und das als Höhenburg weitgehend unverändert erhaltene Schloss Hohenlimburg sind bekannte touristische Attraktionen in Hagen.

Doch die Stadt und ihre Umgebung haben noch viel mehr an historischen Sehenswürdigkeiten einer weit in die Vergangenheit zurückreichende Kulturgeschichte zu bieten: Spuren von Millionen Jahre alten Lebewesen, bedeutende archäologische Fundorte, mittelalterliche Burgen und Adelssitze, Kirchen und Klöster, alte Höfe und verwinkelte Ortskerne, aber auch eindrucksvolle Industrie- und Verkehrsbauten aus dem 19. und frühen 20. Jahrhundert.

Das Handbuch stellt 101 ausgewählte Ausflugsziele vor, die auch für Wanderungen und Radtouren genutzt werden können. Von ausgewiesenen Fachleuten allgemeinverständlich geschriebene Hintergrundinformationen zu den historischen Schätzen, zahlreiche Tipps und umfangreiches Kartenmaterial ergänzen den praktischen Führer.